UN TESSON D'ÉTERNITÉ

Valérie Tong Cuong est autrice et scénariste. Elle a publié une douzaine de romans, dont les très remarqués *Pardonnable, impardonnable*, *L'Atelier des miracles*, *Par amour* (Prix des lecteurs du Livre de Poche) et *Les Guerres intérieures*. Elle est traduite dans une vingtaine de langues. Elle a également été chanteuse pour le groupe Quark.

Paru au Livre de Poche :

L'ATELIER DES MIRACLES

LES GUERRES INTÉRIEURES

PAR AMOUR

PARDONNABLE, IMPARDONNABLE

VALÉRIE TONG CUONG

Un tesson d'éternité

ROMAN

JC LATTÈS

ISBN : 978-2-253-93677-0 – 1re publication LGF

À Éric,
et à Anna.

Father, the year has fallen.
Leaves bedeck my careful flesh like stone.
One shard of brilliant summer pierced me
and remains.
By this only
unregenerate bone
I am not dead, but waiting.
When the last warmth is gone
I shall bear in the snow.

Père, l'année a décliné.
Des feuilles ornent ma chair prudente comme la pierre.
Un seul éclat d'été radieux m'a transpercée
et demeure.
Par cet unique
os atrophié
je ne suis pas morte, je veille.
Lorsque les dernières chaleurs s'éclipseront
j'enfanterai dans la neige.

Audre LORDE, *The First Cities*,
« Father, the year has fallen », Poets Press, 1968.
Traduit de l'anglais par Gerty Dambury.

Trois ans auparavant, un incident s'était produit à la pharmacie. Une femme que l'on n'avait jamais vue dans les environs avait volé un fond de teint. C'était un larcin sans importance, mais l'affaire s'était envenimée lorsque Coline, la préparatrice, l'avait empêchée de quitter les lieux. La femme s'était débattue, insultant Coline puis Anna venue prêter main-forte. Elle jurait avoir oublié de reposer la boîte sur l'étagère, s'indignait qu'on la traite de voleuse, mais étrangement, refusait de lâcher l'objet qu'elle serrait d'un poing blanc, comme vidé de son sang.

La lutte avait été courte et féroce. Dans la confusion, un meuble avait été renversé, fracturant le gros orteil gauche de Coline. Cette rébellion et cette fracture avaient tout déclenché. Sans elles, Anna se serait bornée à réprimander la femme et récupérer son produit. Mais Coline était choquée, blessée, elle avait porté plainte.

Lors de l'audience qui avait suivi, il était apparu que la voleuse présumée était sous le coup d'une condamnation antérieure, 4 mois de prison avec sursis pour violences volontaires. Le sursis avait été aussitôt révoqué, un mandat de dépôt prononcé et la femme conduite sur-le-champ en maison d'arrêt sous les yeux de Coline, d'Anna et d'un certain nombre d'habitués de la pharmacie.

À l'époque, Hugues, le mari d'Anna, travaillait encore pour la section locale du journal régional. Il couvrait chaque événement affectant la vie de la commune, de l'accident mortel de quatre jeunes après une sortie trop arrosée en discothèque à l'inauguration d'un terrain de pétanque – chacun occupant le même espace, un quart de page qu'il fallait à tout prix exploiter, vies brisées ou triplettes seniors, c'était une question de visibilité ou, devrait-on dire, de figuration. Hugues brodait et remplissait les colonnes pour éviter d'en perdre, comme la mairie aménageait la voirie pour conserver ses subventions. Mais cette fois, il disposait d'une matière idéale : l'interview de celle qu'il nommait dans l'article la *petite préparatrice* et mieux encore, celle de sa propre épouse. Anna lui avait raconté comment elle avait éprouvé un pressentiment singulier à propos de cette femme au regard *oblique*, surveillée à peine le seuil franchi.

La vérité, c'est qu'Anna avait reconnu le tissu premier prix de sa robe, les motifs fleuris mal imprimés, les coutures irrégulières. Elle avait reconnu le cuir mou des chaussures et leurs semelles dévorées. Elle avait reconnu le violacé des cernes, la racine poivre et sel, l'aspect épuisé des cheveux. Par-dessus tout, elle avait reconnu l'allure peu assurée de ceux qui se sentent perpétuellement en faute et savent qu'ils ne disposent pas, quoi qu'en dise la Constitution, des mêmes droits que la plupart de leurs concitoyens. C'est cet ensemble de signaux, réactivant une part emmurée de son existence, qui avait conduit Anna à une conclusion sans appel. Mais cela, elle ne l'avait pas mentionné. On aurait pu lui reprocher d'établir un lien inique entre vol et pauvreté, ce qui eût été réducteur : le mécanisme en l'occurrence était bien plus complexe, mais elle ne comptait pas s'en expliquer.

Anna avait simplement déclaré à Hugues : j'ai su qu'il fallait s'en méfier.

La femme était demeurée un certain temps devant le rayon du maquillage. Elle prenait des produits, les reposait, en choisissait d'autres, c'était interminable. Puis elle s'était soudain dirigée vers la porte d'entrée, le fond de teint à la main. C'est là qu'Anna avait fait signe à Coline de l'intercepter. Pas un instant, elle n'avait envisagé que cette femme ait pu être préoccupée, distraite, qu'il s'agisse d'un oubli. Apprendre qu'elle avait été condamnée à de la prison pour des faits de violence, ce qui indiquait un certain niveau de gravité, l'avait plus tard confortée dans cette opinion.

En sortant de l'audience, Hugues s'était exclamé : des faits de violence ! Comment une femme peut-elle avoir ce genre de comportement ?

Le soir même, il avait proposé d'ouvrir une bonne bouteille : ils le méritaient bien après tout.

La pharmacie avait retrouvé sa quiétude ordinaire, dans cette petite ville enfouie dans la pinède, imprégnée d'une odeur de résine sucrée. Anna s'était appliquée à chasser l'incident de son esprit, mais n'y était pas tout à fait parvenue. Parfois, lorsqu'elle se trouvait seule chez elle, contemplant la vue splendide depuis l'immense baie vitrée qui surplombait la mer, le visage pétrifié de la femme, quittant le tribunal encadrée par deux gendarmes, venait s'imprimer sur le ciel comme une écorchure impossible à soigner.

Si Anna Gauthier avait dû, pour une quelconque raison, résumer son existence jusqu'à ce jour, elle aurait probablement dessiné une ligne brisée composée de trois segments. Le premier aurait figuré son enfance et son adolescence – lorsqu'elle y pensait, elle avait cette image dégoûtante d'un colon entortillé et son ventre entrait en torsion, lui rappelant la lutte féroce et sans merci qu'elle avait menée pour y survivre et la manière dont elle avait appris à défier la terreur, à cautériser ses blessures, à fabriquer ses premiers masques. Elle avait réussi. Elle s'était extraite, exfiltrée, à force de sacrifices, de ténacité, portée par l'évidence qu'elle n'avait rien à perdre.

Le deuxième aurait représenté sa vie de jeune adulte, ses années d'université, sa rencontre avec Hugues, leur mariage suivi de la naissance de Léo, son emploi à la pharmacie, l'aménagement de leur maison. Autrement dit son œuvre, construite patiemment, guidée par la volonté farouche de s'élever – et par conséquent d'élever entre cette nouvelle vie et l'ancienne de solides remparts. À cette époque, elle avait accédé à une première expérience de liberté, exaltante mais voilée, polluée par la conscience que cette liberté demeurait conditionnelle, puisque tous les liens n'étaient pas rompus.

Voilà pourquoi le troisième segment aurait débuté au décès de sa mère, survenu à l'automne 2007, deux ans après celui de son père. Lors des obsèques, dans le cimetière déserté, Anna avait ressenti un immense soulagement en même temps qu'un profond chagrin. Ce n'était pas seulement sa mère que l'on enterrait, mais l'enfant et l'adolescente qu'elle avait été. Ce n'était pas une tombe qui était scellée sous ses yeux, mais l'ultime porte d'accès aux fantômes ricanants. Après la cérémonie, elle s'était rendue à la maison de retraite pour régler les dernières formalités. On lui avait remis des vêtements usés, une collection d'anges naïfs en résine, une enveloppe contenant des photos, le livret de famille, une carte vitale. Elle avait conservé deux clichés de ses parents et jeté le reste dans une poubelle de rue comme elle avait jeté, autrefois, la liasse épaisse de ses journaux intimes. Puis elle s'était hâtée de rentrer chez elle : son fils partait le lendemain à l'aube pour un séjour organisé par l'école, il fallait préparer sa valise.

Oui, sans aucun doute, le troisième segment aurait débuté à la mort de sa mère avec l'écrasement du passé et se serait prolongé les onze années suivantes : des années affranchies et heureuses malgré les erreurs, les incidents, les accrocs communs à toute trajectoire humaine, malgré le licenciement d'Hugues, malgré les tentatives vaines de concevoir un autre enfant, malgré la péritonite aiguë de Léo en 2013, malgré ses deux dents cassées lors d'un stupide accident de ski en 2015.

Onze années et six mois, jusqu'à ce week-end de mai 2019.

Une brise venue de la côte glisse entre les oliviers, caresse les lauriers-roses et les lavandes violettes. Anna s'est assise un instant sur le muret, profitant de la chaleur douce, des reflets argentés et mouvants des feuillages, de sa solitude éphémère. Elle ne s'est jamais habituée à ce luxe. Chaque matin, elle y puise une récompense. Chaque soir, elle y lave les contrariétés de la journée. Il y en a peu, de toute façon. Léo vient d'avoir dix-huit ans, il prépare son baccalauréat sans empressement mais avec un sérieux convenable, connaît la suite du parcours, une école réputée, spécialisée dans les métiers du numérique – son inscription a déjà été validée. Anna ne pouvait espérer mieux : son fils adoré va intégrer l'un des rares secteurs dont l'avenir semble sûr. Il sera à l'abri des désillusions qu'a pu subir son père, son métier évoluera au fil des progrès de la technologie et lorsque les robots coderont à sa place, il faudra encore des êtres humains pour concevoir et programmer les robots, au moins un certain temps.

Anna n'a jamais osé demander à son fils si le choix de cette école, de ce futur sécurisant, avait un lien direct avec le licenciement de son père. Hugues avait perdu son emploi au moment où Léo entamait sa classe de première et réfléchissait à ses vœux d'études supérieures. La nouvelle s'était répandue comme un virus, c'était le revers de la médaille, Hugues était connu de tous puisque chacun ou presque ici avait répondu à l'une de ses interviews, obtenu un service, une information, une invitation, puisqu'il assistait à tous les événements sportifs et culturels, à toutes les cérémonies privées et publiques, puisqu'il était l'ami des commerçants, des gendarmes, des pompiers, du personnel du cabinet médical et de celui de la mairie, politiques, administratifs, simples vacataires. Et voilà que l'homme influent, incontournable, précieux, s'était changé en chômeur embarrassant. Anna avait observé, impuissante, la modification des attitudes, le malaise, les salutations un peu moins cordiales. Le parfum lointain de la honte lui était revenu comme une gifle, un piège tendu par le destin. Par chance, cela n'avait duré que trois mois, trois mois fébriles durant lesquels elle avait combattu avec rage l'invasion de la peur et prié chaque nuit pour qu'un miracle se produise, elle qui n'avait jamais cru en personne d'autre qu'elle-même. Elle avait été entendue.

Hugues était devenu journaliste, si l'on peut dire par hasard, l'été 1998, après avoir été témoin de l'accident provoqué par le bateau des Bleus, fraîchement auréolés de leur première étoile. Il profitait d'une sortie en mer entre amis, équipé de son Nikon, et s'apprêtait à photographier l'horizon lorsque le hors-bord dans lequel avaient pris place Marcel Desailly, Didier Deschamps et Alain Boghossian, avait surgi et littéralement coupé en deux un bateau de pêche. En plein dans son objectif. Hugues avait appuyé sur le déclencheur et obtenu un cliché sensationnel du pêcheur sautant à l'eau, enveloppé d'écume, les yeux exorbités d'effroi. Il venait d'achever ses études d'art et souhaitait se consacrer à la photo, mais avait essuyé plusieurs refus de galeristes après avoir soumis son dossier. Cette séquence en mer avait agi comme un révélateur. Il n'était pas un artiste, mais il savait mieux que personne capturer les détails, repérer le bon angle, saisir une expression singulière. Un de ses amis connaissait bien le rédacteur en chef du journal local et avait organisé les présentations. Quelques heures et une poignée de main plus tard, Hugues signait son premier contrat.

Le jeune homme ne possédait pas de carte professionnelle, se contentait d'officier dans la région, ne courait jamais le moindre risque mais bénéficiait malgré tout, de manière irrationnelle, de l'estime et de l'admiration que l'on accordait encore aux reporters de presse. En dépit d'une rémunération modeste, sa fonction, cumulée à la superbe villa dont son père, qui avait amassé une petite fortune dans l'import-export, lui avait laissé l'usage, suffisait à donner le change. Bon vivant, prolixe, souriant, il était de toutes les fêtes organisées par la jeunesse de la région, puis, prenant de l'âge, de tous les dîners et de toutes les réceptions. Il se sentait partout chez lui, invulnérable, indispensable, comme si la reconnaissance dont il jouissait était éternelle. Loin de percevoir les signaux précurseurs d'un monde en mutation, il était tombé des nues lorsque son rédacteur en chef lui avait annoncé la suppression de son poste : le journal, placé en redressement judiciaire, se contenterait dorénavant de photos envoyées depuis leur smartphone par des lecteurs bien heureux de recevoir en échange un quelconque bon d'achat. Le coup était rude : Hugues l'avait vécu comme une attaque personnelle. Son inscription à Pôle emploi avait été un calvaire. Le conseiller soutenait que son métier était mourant et lui proposait des formations en restauration ou en informatique. D'abord abasourdi, puis prenant conscience de l'irréversibilité de la situation, Hugues avait entamé une longue descente, passant ses journées assis en tailleur sur la terrasse, fumant cigarette sur cigarette, le regard dans le vague, ou à l'inverse, se jetant avec frénésie dans des projets extravagants de bricolage.

La délivrance était venue d'Anna, lorsque l'épouse du directeur des affaires culturelles lui avait appris l'aggravation subite de l'état de son mari. Lisant l'ordonnance du médecin, la pharmacienne avait compris que le malheureux, atteint d'une forme sévère de la maladie de Parkinson, serait bientôt arrêté pour une longue durée – et sans doute pour toujours. Le cœur battant, elle avait serré la femme dans ses bras. Elle connaissait bien le couple, des sexagénaires charmants pour lesquels elle se sentait sincèrement peinée. Elle avait prodigué des conseils avisés, des encouragements chaleureux comme elle le faisait avec chacun de ses clients (et il faut dire qu'elle était aimée pour cela, pour sa capacité à écouter, réconforter, à vous prendre les mains et vous envelopper de ses mots justes), mais durant tout ce temps, une zone de son cerveau était entrée en ébullition, étudiant l'opportunité qui s'offrait à Hugues. La culture ! C'était inespéré : le poste lui irait comme un gant et apaiserait son ego. Bien sûr, il aurait à se mettre à niveau en matière de réglementation publique, mais sa formation aux Beaux-Arts et son entregent en faisaient un candidat idéal.

Cet après-midi-là, Anna avait chargé Coline de la fermeture et s'était ruée chez elle pour exposer son plan à Hugues. Celui-ci n'avait pas mis longtemps à sortir de sa léthargie. Il avait aussitôt téléphoné au maire pour proposer ses services, lui rappelant son dévouement passé et suggérant mille idées propres à valoriser sa mandature. « Le Village » comme aimaient le nommer ses habitants – signifiant par là qu'il s'agissait d'une communauté, d'une enclave préservée des tempêtes du monde –, s'était considérablement enrichi dans les années 90 avec l'explosion des prix de l'immobilier. Les taxes élevées et l'aisance financière de la majorité des résidents autorisaient des ambitions de haut niveau. On pourrait moderniser la médiathèque, développer une activité d'art-thérapie, racheter l'ancienne abbaye et l'aménager en salle de spectacle polyvalente, organiser des festivals en partenariat avec la région et le ministère. Le maire, jugeant lui-même sa politique culturelle insuffisante et sans panache, n'avait pas été difficile à convaincre. Il n'aurait jamais mis sur la touche son vieil ami, fidèle depuis deux décennies, mais puisque la vie s'en chargeait ! Et puis, Hugues présentait l'avantage d'être consensuel : personne ne viendrait contester sa nomination. Une lettre d'engagement lui avait été adressée la semaine suivante. Ainsi s'était refermée la parenthèse de son licenciement. La bonne humeur avait réinvesti la maison, Hugues avait retrouvé son appétit, Anna, ses nuits paisibles, et aucun d'eux n'avait plus mentionné cet épisode.

La sonnerie vrille le calme du jardin. Pourquoi faut-il qu'ils arrivent en avance, s'agace Anna. Elle vérifie qu'il ne manque rien sur la table dressée face à la mer et prie Hugues d'aller ouvrir le portail. Elle ne s'est ni changée ni maquillée pour le dîner, comme c'est presque toujours le cas lorsqu'elle rentre de la pharmacie, qu'elle ait ou non des invités : elle doit faire vite, lancer une lessive, préparer le repas, elle manque de temps. Elle gère à peu près tout ici, les courses, les menus et la cuisine, le rangement, l'entretien de la maison et du linge (elle est toutefois aidée d'une femme de ménage, six heures par semaine), le jardin, les courriers administratifs, la vérification des comptes, la déclaration de revenus, le rendez-vous avec le plombier.

Lorsqu'Alix lui a fait remarquer qu'elle pourrait s'appuyer sur son mari et son fils, elle a répondu : « Je suis plus efficace seule. » C'était la vérité. Cette organisation la rassure. Elle aime que tout soit sous contrôle, son contrôle. C'est le prix à payer pour garantir l'essentiel, c'est-à-dire cette vie choisie, construite, sa belle villa sur les hauteurs, sa famille solide, cette réputation, ce respect qu'on lui témoigne. C'est bien peu, finalement. Oui, vraiment, quand elle y pense, elle n'y voit aucune contrainte, plutôt un bénéfice.

Elle secoue la tête, passe la main dans ses cheveux pour les remettre en ordre, efface les plis de sa robe, sourit à Alix et Géraud, à Hugues qui les précède. Elle est fatiguée, mais elle sait que son énergie reviendra dans un instant. Il lui suffit d'être assise près de ses amis, de contempler avec eux la beauté zébrée du ciel orangé pour se sentir plus forte. Elle écoute Hugues, qui anime la conversation avec brio. Il parle du chantier de l'abbaye, bientôt achevé, et félicite Géraud – l'hôtel luxueux que ce dernier dirige affiche complet depuis la réouverture en avril. Leurs deux couples se ressemblent : imparfaits, mais indestructibles. Ils se sont rencontrés lorsque Léo est entré au lycée. Au Village, l'enseignement n'était pas dispensé au-delà du collège et Léo avait été inscrit dans un établissement situé à une dizaine de kilomètres, près du bord de mer. À la traditionnelle réunion de rentrée, le directeur avait rassemblé les parents d'élèves sous le préau avant qu'ils ne se répartissent dans les classes de leurs enfants pour écouter les professeurs. Chacun s'attendait à un simple mot de bienvenue, mais il avait autre chose à dire. Un élève avait été brutalisé et humilié. C'était, avait-il asséné, un fait intolérable qui ne saurait se reproduire, sous peine d'exclusion définitive des coupables. Alors qu'il rappelait à tous les règles de bonne conduite, un homme s'était bruyamment ému : voilà donc où on en était, l'époque allait castrer les garçons ! Des bagarres dans les vestiaires de sport, il y en avait depuis que les gymnases existaient ! Une exclusion définitive ? Et pourquoi pas la guillotine ! Tout ce barnum pour un falzar baissé !

Les regards s'étaient tournés vers lui, un grand costaud affectant un style décontracté, barbe de trois jours, polo de marque, menton relevé – sale petit coq, avait pensé Anna, sale petite merde. C'est là qu'avait surgi Alix. Nullement embarrassée par ses talons de dix centimètres, elle avait bondi sur l'homme et tiré sur son pantalon avant qu'il ait pu comprendre ce qui lui arrivait. Le pantalon avait entraîné le caleçon et l'assistance sidérée avait découvert la moitié d'un fessier, aussi gras et poilu que celui d'un ours. Le type était devenu dingue. Éructant, il s'était rué sur Alix sans pouvoir l'atteindre, des parents s'interposaient, certains riaient, Alix hurlait : « Tout ce barnum pour un falzar ! »

Anna était demeurée pétrifiée d'admiration. Plus que tous les autres, elle avait été dégoûtée par la réaction de cet homme. Mais le danger qu'elle avait vu en lui en une fraction de seconde, les dommages qu'il pouvait causer, cet homme dont la seule posture indiquait qu'il se sentait puissant, qu'il l'était probablement, l'avait emporté sur le dégoût. Alix était à l'évidence de la race des guerrières. Anna était de celle des survivantes : elle s'était contentée de ruminer des injures sans les prononcer. Puis elle s'était rendue dans la classe de Léo pour la suite de la réunion, et lorsqu'elle avait découvert qu'Alix s'y trouvait déjà, une place libre à ses côtés, elle s'était sentie bénie. Leur amitié était née là, dans cette salle, et ne s'était jamais démentie. Pourtant, Anna en était persuadée, plus jeune, Alix avait été une de ces adolescentes arrogantes et gâtées dont les garçons étaient fous et qui les défiaient tant qu'à la fin, ils se vengeaient sur les autres, les timides, les discrètes, les empêchées. Mais ce coup d'éclat balayait le reste. Affronter cet homme répugnant avait sanctifié Alix à ses yeux, une fois pour toutes.

Hugues et Anna ont proposé aux garçons de dîner avec eux. Comme Alix et Géraud, ils apprécient les avoir à table de temps à autre : Léo et Tim sont rafraîchissants, ils parlent musique, applications, ils leur permettent d'accéder à la part émergée de l'iceberg d'une modernité mouvante. Les quatre adultes sont conscients qu'une autre part, plus vaste, leur restera inaccessible, leurs enfants possèdent leurs propres zones intimes et leurs propres moyens de communiquer dont sont exclus les plus de vingt-cinq ans. Ils disparaissent des après-midi et des soirées entières sans que l'on sache où ils vont ni ce qu'ils font. Au début, Anna s'en est inquiétée puis elle a compris que c'était inutile. Léo n'est pas du genre à franchir les limites, on dirait qu'il a pris cela de sa mère. Il tient à conserver ses acquis, sa routine, ses amis, ses sorties, il doit lui arriver de boire un peu trop, pense-t-elle, comme tous les jeunes de son âge. Rien de bien méchant.

Pour ce soir, les garçons ont décliné l'invitation. Ils ont prévu de se retrouver après les cours du matin et de passer la journée avec des amis avant de se rendre à une fête sur la plage. Anna sait son fils amoureux. Elle l'a deviné à sa manière récente de se recoiffer, se jauger devant le miroir du salon. Elle a fini par l'interroger, elle tenait à ce qu'il se sente libre de l'inviter ici s'il le souhaitait. Elle a dit : J'ai confiance en tes choix. Son fils a souri et livré un prénom : Noémie.

— L'un de vous reprend des tomates ? demande Anna en tendant le saladier de faïence bleue.

— Léo rentre déjà ? l'interrompt Alix. Je viens de l'apercevoir.

Depuis sa chaise, elle a une vue étendue sur l'allée qui mène du portail au seuil de la maison.

Anna aussi est surprise. Par ce retour prématuré – il n'est que 21 heures –, mais plus encore parce que son fils, d'ordinaire si poli, n'a pas pris la peine de venir les saluer. Elle pose le saladier, se lève, s'excuse : elle veut vérifier qu'il va bien. Elle traverse le salon, légèrement anxieuse, monte l'escalier en réprimant sa hâte, frappe à la porte de sa chambre.

— Léo ? Est-ce que tout va bien ? La soirée est annulée ?

— Ça va, assure le garçon.

Quelque chose a changé dans sa voix. Pour n'importe qui, en dehors d'Anna, la nuance serait imperceptible.

— Je peux entrer ?

— Tout va bien, maman, j'ai envie d'être un peu seul.

— Je comprends.

Il a rompu, pense Anna. Ou ils se sont disputés.

Elle est contrariée. Si près du bac, ce n'est pas bon.

Elle revient sur la terrasse où Alix, Géraud et Hugues attendent son verdict.

— Querelle amoureuse.

Ils soupirent ensemble.

— Et Tim, il a une petite amie ? s'enquiert Hugues.

— Il en a plusieurs, s'esclaffe Géraud. Il faut bien que jeunesse se passe…

— Il y a un âge limite pour ce genre de choses ? Première nouvelle, réplique Alix.

Ils se taisent, juste assez pour que le silence devienne gênant.

— Alors, reprend Anna, un amateur pour les tomates ?

Anna se lève à l'aube, le sommeil ne veut plus d'elle. Elle presse des oranges, mais le moteur de l'appareil s'enraye.

Le ciel est couvert. Elle observe les nuages, cherchant le point d'où surgira bientôt le bleu.

Ici, le soleil est invincible.

Plus tard, Hugues la rejoint dans la cuisine aux murs décorés d'azulejos. Il allume la radio, des journalistes débattent de la crise qui s'amplifie, de la contestation qui s'étend, des manifestations qui se multiplient. La violence dégénère un peu partout. À trente kilomètres de chez eux, des hommes cagoulés ont lancé des cocktails Molotov par-dessus la grille de la préfecture, des casseurs ont défié la police dans les principales artères de la ville, des mouvements de foule ont fait plusieurs blessés, côté manifestants, côté forces de l'ordre.

Il éteint l'appareil.

— Pas dès le matin, quand même. Un dimanche, en plus. Par pitié.

Il suggère de déjeuner dehors, dans ce restaurant les pieds dans l'eau que Léo adore : ça lui changerait les idées.

Mais Léo sort de sa chambre seulement pour prendre du café. Il n'a pas faim. Il dit à ses parents qu'il a du travail, qu'il est en retard dans ses révisions.

Il ferme sa porte à clé.

Anna a réchauffé les restes du repas de la veille.

— Tu pourrais nous préparer autre chose, grommelle Hugues. On ne va pas se laisser abattre parce que notre fils a une peine de cœur.

Elle remet le plat au réfrigérateur et pétrit une pâte à pizza. Elle prévient Léo, espérant qu'il sera tenté.

Son fils demeure enfermé toute la journée. Dans l'après-midi, elle fait encore plusieurs tentatives, le supplie de prendre l'air, au moins quelques minutes. Derrière la porte, il répète qu'il travaille, puis qu'il fait la sieste.

Puis qu'il aimerait qu'on lui fiche la paix.

Il a dix-huit ans, non ? C'est un grand garçon, s'il a besoin de quoi que ce soit, il saura se débrouiller.

— Il a parfaitement résumé la situation, conclut Hugues, flegmatique, lorsque Anna lui rapporte les propos de leur fils. Tu le couves trop. Arrête de le traiter comme un gamin.

Vers 19 heures, après avoir vérifié que ses parents sont allongés près de la piscine, Léo se rend dans la cuisine où il confectionne un sandwich frugal – une tranche de jambon, une feuille de salade. Il ne touche ni au reste de pizza ni aux chocolats offerts la veille par Alix et Géraud. Il essuie les miettes qui parsèment le plan de travail et rince l'évier avec minutie. Il remonte dans sa chambre quatre à quatre.

Malgré sa fatigue, Anna éprouve des difficultés à s'endormir. Elle ne veut rien montrer à Hugues, qui déteste lorsqu'elle s'agite dans leur lit, alors elle va faire couler un bain chaud. En passant devant la chambre de Léo, elle constate que sa lumière est allumée. Elle hésite, son instinct lui souffle qu'à cette heure avancée de la nuit, Léo lui ouvrirait la porte, qu'elle pourrait le prendre dans ses bras, l'apaiser. Qu'il lui raconterait.

Puis elle pense à la remarque d'Hugues, et renonce.

Des coups,

Des coups,

Des coups,

DES COUPS.

Cela parvient d'abord à Anna comme l'élément d'un rêve. Elle a eu tant de mal à plonger dans la nuit. À présent, elle y est engluée. Elle aimerait s'y attarder – encore un peu. Son esprit refuse l'intrusion du réel, s'arc-boute quelques secondes, puis l'instant d'après, c'est son cœur qui cogne, la peur qui jaillit, le sentiment d'une urgence extrême, d'un danger, elle redresse le torse dans le lit, secoue son mari, lève-toi, Hugues !

Elle entend des chuchotements, des pas autour de la maison, tout filtre à travers les volets demeurés entrouverts pour accueillir la fraîcheur de la nuit, elle pense à une agression comme cela arrive parfois chez les gens riches sur la côte, ils sont ligotés, frappés, dévalisés, mais eux ne sont pas riches, ils sont très à l'aise, c'est certain, mais riches, non, il faut prévenir ces voleurs, ils se sont trompés d'adresse.

Puis tout s'éclaircit. Elle se souvient : les agresseurs ne frappent pas à la porte.

Il est 6 h 30, 6 h 45, elle ne saurait le dire précisément puisqu'elle n'a pas encore attaché sa montre à son poignet. Elle se repère à la lueur de l'aube qui inonde le couloir, descend l'escalier, se rend dans l'entrée ; elle a enfilé un peignoir à la hâte, la ceinture est mal nouée, il bâille un peu au niveau de la poitrine. Elle crie : « Qu'est-ce que c'est ? »

Derrière elle, Hugues crie à son tour : « Mais qu'est-ce que c'est, ce bordel ? »

Une voix de stentor déchire les murs.

« Gendarmerie nationale, ouvrez ! »

Ils se regardent, Hugues et Anna, ils froncent les sourcils, tentent de démêler les informations qui les traversent, Hugues connaît bien les gendarmes du coin, ce ne sont pas leurs voix, la peur s'amplifie, de ce qui est en train de se produire, de la menace qui plane au-dessus d'eux et va s'abattre, forcément.

L'idée que l'on est venu les évacuer, les sauver donc, effleure Anna, mais au fond elle n'y croit pas et à la deuxième sommation, sa main tourne mécaniquement le verrou parce qu'elle n'a pas d'autre choix.

Des hommes se ruent à l'intérieur. Ils sont cinq ou six, cagoulés, vêtus de noir, ils se lancent des ordres : à droite, à gauche, en bas, en haut !

Un seul demeure face à Anna. Il aboie : Léo Gauthier ?

Le sang d'Anna givre, peu importe de quoi il s'agit, quelque chose lui a échappé, quelque chose qu'elle aurait dû voir, empêcher ou résoudre, quelque chose concernant son fils. La conscience de son impuissance la submerge tandis qu'Hugues, désorienté, essaie d'obtenir des explications – en vain, déjà les hommes en noir descendent l'escalier, traînant Léo abasourdi, il est en t-shirt et en jean, il porte des baskets et elle pense, comment ont-ils fait pour qu'il s'habille aussi vite ?

Son fils ne se débat pas. Il a les yeux écarquillés, la bouche ouverte. Il se tait.

— Qu'est-ce que vous lui voulez ?! hurle Anna, et elle tire un des hommes en noir par la manche. Vous ne voyez pas que c'est un gosse ? Un gosse ! Vous ne voyez pas que vous faites erreur ? Vous n'allez pas l'emmener comme ça ? Il doit partir au lycée, il va bientôt passer son bac !

L'homme la plaque contre le mur. Son peignoir s'ouvre un peu plus, laissant échapper son sein droit. Elle est prête à gifler le gendarme, Hugues le sent, il se précipite vers sa femme.

— Ça va aller, s'il te plaît, Anna, reste tranquille.

Il replace le peignoir, la retient par la taille.

L'homme recule posément.

— C'est une affaire grave, madame.

Ces derniers mots rompent le fil de son espoir. Elle a soudain très froid. L'air s'épaissit dans sa gorge, ses narines, ses lèvres sèchent. Elle interroge Léo du regard, mais celui-ci se contente de secouer la tête. Un des hommes griffonne des notes sur un carnet, un deuxième tient le sac à dos de son fils, son ordinateur, son téléphone. Il sort, sans doute pour les mettre en lieu sûr. Les autres demeurent immobiles.

Ont-ils seulement des enfants, s'insurge Anna ? Que savent-ils de Léo ? Que lui reproche-t-on ? Elle peut leur affirmer, déjà, qu'il est innocent. Elle parierait sa vie là-dessus. Bien entendu, ils vont rétorquer qu'elle parle en sa qualité de mère, mais la vérité, c'est qu'ils rêveraient tous d'avoir un garçon comme lui. L'affaire est grave, c'est possible, mais ce qui est bien plus grave, c'est qu'ils commettent une effroyable méprise. Il y aura des conséquences, menace-t-elle. Ils ignorent qui ils affrontent. Ils vont regretter de ne pas avoir su l'écouter.

— On y va maintenant, tranche celui qui dirige tous les autres.

Ils s'en vont, emmenant Léo. Anna et Hugues leur emboîtent le pas. Le soleil déjà brûlant les assomme.

C'est là qu'Anna voit les menottes.

Son fils est menotté.

Stationnée devant le portail, une fourgonnette de la gendarmerie attend, moteur tournant.

Au moment de grimper, il se retourne.

— Ne t'inquiète pas maman, ça ira.

La fourgonnette effectue un demi-tour, s'éloigne dans un ronronnement insupportable.

L'épisode a duré vingt, trente minutes au plus.

Bientôt, on n'entend plus que le chant des cigales.

Hugues et Anna demeurent un long moment côte à côte, au bord de la route, sans un mot. C'est la chaleur qui les rappelle à l'ordre. Ils rentrent, s'assoient dans la cuisine.

— C'est quoi ce cauchemar, qu'est-ce qu'il a bien pu faire, murmure Hugues.

— Il n'a rien fait du tout. Comment peux-tu imaginer le contraire ? Tu doutes de ton fils ?

Hugues regrette ses paroles. Il devrait savoir que le terrain est miné. C'est son talon d'Achille : il manque souvent d'intuition, parle trop vite.

— On doit trouver un avocat.

Il fait défiler son carnet d'adresses. Dieu sait qu'il est étoffé, des responsables de clubs de sport, des restaurateurs, des artistes, des médecins en tout genre, des politiques, des assureurs, mais aucun avocat. Il n'en revient pas lui-même. C'est la première fois qu'il se heurte aux limites de son réseau. Il va devoir user d'une recommandation, ce qui signifie que l'information va se répandre : Léo est en garde à vue.

— Attends, l'arrête Anna. J'appelle d'abord Alix.

Elle veut savoir si Tim est au courant de quoi que ce soit. Mais Alix répond que Tim est déjà parti en cours et propose de laisser un message sur son téléphone portable. Sa voix tremble, elle peine à dissimuler sa tension. Elle dit à Anna, j'espère qu'ils ne vont pas venir chercher Tim, hein. Elle dit, ce serait terrible. Elle dit encore, ils sont cul et chemise ces deux-là, ce qui concerne l'un concerne l'autre.

Elle ajoute enfin : Tim est plus influençable qu'il n'y paraît.

Anna ressent un bref pincement au cœur mais l'écarte aussitôt.

— Pour le moment Alix, c'est Léo qui a des ennuis. Si tu pouvais m'aider, d'une manière ou d'une autre…

— Évidemment, se reprend Alix.

Elle épelle à Anna le nom d'une avocate spécialisée en divorces, Cazeau. Ce n'est pas idéal s'excuse-t-elle, mais c'est toujours mieux que rien, n'est-ce pas ?

Il semble à Anna que quelque chose dissone, peut-être à cause de ce phrasé inhabituel, mais elle n'a pas le loisir de creuser. Elle contacte maître Cazeau, qui note sa demande et l'assure qu'elle se rendra dès que possible à la gendarmerie, le temps de régler quelques urgences.

— Au moins, nous ne sommes plus seuls, soupire Hugues.

Il semble à Anna que personne, absolument personne, ne prend la mesure de l'événement. Pas même cette femme qu'il lui faut appeler Maître et qui doit *régler des urgences*. Pas même Hugues, occupé à se préparer une tartine beurrée. Le monde vient de basculer, mais personne ne se presse, personne ne s'affole.

Une langue de mistral s'insinue et virevolte dans la maison, à moins qu'il ne s'agisse d'une simple sensation, ou d'un produit de son imagination.

— On ne peut pas rester bras croisés. Allons à la gendarmerie.

Hugues a là-bas sinon des amis, du moins des relations. Ils obtiendront des informations, ils pourront voir Léo, plaide Anna.

— Tu rêves. Ça n'arrivera pas, lâche Hugues. Il y a des règles en garde à vue.

Elle lui en veut d'être aussi défaitiste. Puis elle se souvient qu'il n'est pas un homme de combat. Il n'a jamais été acculé, aux abois. Il ignore ce que le corps et l'esprit peuvent déployer lorsque la terreur s'infiltre. C'est à elle de prendre les choses en main.

— On y va, on verra bien.

Elle court chercher son sac à main mais il est introuvable. Elle soulève les coussins du salon, les torchons de la cuisine, les vestes accrochées au portemanteau, dix fois, vingt fois. Elle ouvre les placards, les tiroirs, elle vérifie la buanderie, le garage, manque de chuter dans l'escalier qui mène aux chambres, s'aperçoit en passant devant l'armoire à glace qu'elle est encore en peignoir.

Cette image d'elle, les cheveux emmêlés et les traits froissés, brise net son élan. Elle se laisse tomber sur le lit encore défait, les jambes molles. En temps normal, elle devrait être sur le chemin de la pharmacie – mais tout a cessé d'être normal à 6 h 30 ce matin.

Elle pense à Léo, respire profondément pour faire barrage aux larmes. A-t-il les bons réflexes ? Pourvu qu'il se taise, quel que soit le sujet, quelles que soient les questions ou les suggestions, pourvu qu'il attende l'avocate. Elle réalise avec douleur qu'à son tour, elle vient d'envisager la possibilité d'une culpabilité.

— Ressaisis-toi, merde, se lance-t-elle.

Elle se lève d'un bond, jette le peignoir au sol, enfile un jean, un t-shirt blanc, une paire de baskets. Ses yeux tombent sur son sac, simplement posé sur le fauteuil d'angle.

Retrouver la maîtrise. Tenir son rôle et remplir sa mission. Elle redescend.

Hugues l'attend devant la porte.

L'accomplissement d'Anna Gauthier s'est fondé sur la combinaison de deux principes : éliminer autant que possible l'incertitude et donner à voir ce qui est attendu. Chacune de ses décisions, chacun de ses choix résulte d'un calcul visant à supprimer le risque. Elle s'engage sur des routes dégagées, empruntées par d'autres avant elle. Elle n'accepte aucune proposition, aucun marché sans garantie. Elle ne dépasse jamais aucune limite, obéit aux conventions même lorsqu'elles sont stupides. Elle déteste la vitesse et le désordre. Elle est le reflet exact d'une certaine norme sociale bourgeoise, tranquille et rassurante. Sportive sans excès, investie dans la collectivité – elle a été déléguée de classe plusieurs années et participe aux événements caritatifs organisés au Village, convive équilibrée, partenaire sans surprise dans son couple comme en amitié. Cela lui a coûté, au début – après qu'elle a rencontré Hugues et compris qu'elle pourrait aspirer à quitter définitivement la boue. Elle a dû supporter de vivre aux aguets, sur le fil, ce n'était pas facile, ne jamais sortir du cadre, faire taire ses instincts pour devenir ce qu'elle n'avait jamais été, mais elle a réussi, elle a commis un sans-faute et aujourd'hui, tout cela est devenu naturel. On la respecte. On dit d'elle : cette femme est formidable. Elle est fière de cela, de ce qu'elle a créé. Elle a tenu son plan.

Parfois, elle pense aux mises en garde de son père, lorsqu'elle a annoncé qu'elle s'inscrivait en médecine, forte de ses résultats solides au lycée – car malgré la cruauté, malgré l'innommable, elle n'avait jamais abandonné sa scolarité, consciente que celle-ci serait son seul passeport.

Son père l'avait regardée avec commisération.

— Ma fille, ne vise pas trop haut si tu n'as pas le bon arc.

Il jugeait impossible qu'elle réussisse le concours. Les gens comme eux n'avaient ni savoir ni pouvoir suffisants. Ils n'étaient pas façonnés pour ce genre d'épreuves. Sans compter que la médecine était un métier d'homme. En somme, c'était une double question de classe et de genre. Il l'aimait pourtant. Il croyait la protéger en rafraîchissant ses ardeurs. Il avait raison et tort à la fois : Anna n'avait pas réussi à entrer en médecine, mais elle avait obtenu une place en pharmacie, c'était déjà bien plus que tout ce qu'il avait imaginé pour elle.

À l'époque, il répétait souvent : on fait ce qu'on peut, ma fille, pas ce qu'on veut.

Son vocabulaire n'était guère étendu. Il transmettait ce qu'il avait compris des règles du jeu en usant d'adages et de proverbes et s'était persuadé que seules deux routes s'offraient à ceux de son espèce : accepter ou souffrir.

Il existait pourtant une troisième voie, celle qu'a empruntée Anna. Une voie étrange et folle, une piste creusée dans la jungle de l'oubli.

Anna s'est enfuie par une porte dérobée, invisible, et elle a survécu, car aucune torture n'est assez puissante pour vaincre celui qui n'est plus là.

Puis elle a obtenu une seconde chance, une seconde vie, et ce qu'il restait d'elle a terminé de se dissoudre.

On leur fait des reproches. Le capitaine de gendarmerie (et plus tard, l'avocate).

— Vous n'écoutez pas les informations ? Vous n'avez pas vu les images ? Vous vivez sur quelle planète ? Vous connaissez bien votre fils ?

Hugues et Anna ne se défendent pas. Ils demandent qu'on leur montre ces fameuses images.

— Elles sont partout, riposte le capitaine, agacé. Allumez votre téléphone portable, bon Dieu.

Il tourne l'écran de son ordinateur pour le leur rendre visible. Il entre les mots « manifestation », « violence » « blessé grave » dans la barre de recherche. Des dizaines de résultats s'affichent, accompagnés de la même vignette.

Le film défile. On y voit une manifestation qui dégénère, de la fumée grise et blanche, un mouvement de foule, une charge de la police. On y voit une fille qui tombe, une brune aux cheveux nattés, une besace en bandoulière, et un flic qui la relève par le bras, la traîne sur quelques mètres – la fille se débat.

On voit surgir un homme ou plutôt un garçon, qui s'accroche au flic pour le ralentir, lui grimpe sur le dos, sans résultat. On voit le garçon se laisser glisser, défaire son sac, le saisir par les sangles et frapper le flic à trois reprises, sur le flanc, le thorax, dans l'estomac. Le sac vole et à sa trajectoire, on peut deviner qu'il pèse lourd, on voit le flic perdre l'équilibre, lâcher la fille, chuter, on voit la fille s'éloigner en courant, disparaître, on voit le garçon hésiter, courir à son tour dans une direction opposée. Ce garçon, c'est Léo. Il a enroulé un pull-over autour de la moitié basse de son visage, mais ses yeux, son front restent dégagés. C'est son sac de classe, ce sac à dos en toile foncée sur lequel est brodé un patch rapporté d'un voyage familial au Vietnam, une étoile jaune sur fond rouge. On entend les cris et la voix du type qui filme : « Oh putain, ce qu'il lui a mis au flic. » On voit le flic à terre, entouré de ses collègues venus le secourir.

— Il y a forcément une explication. Mon fils est bien élevé, croyez-moi. C'est un lycéen sans histoire. Cherchez dans vos fichiers, vous ne trouverez rien.

— Un coup de sac. Il est en sucre, votre gars ? renchérit Hugues. On fait tout un drame pour ça ? Une garde à vue ?

— Rentrez chez vous et attendez l'appel de son avocate, conseille le capitaine. Je ne peux rien vous dire de plus.

— Je connais bien mon fils, ajoute Anna. Et vous connaissez notre famille. Chacun doit retrouver la raison.

La voici au sommet d'une pente vertigineuse, du savon sous les semelles. À cet instant, elle pense encore pouvoir en contrôler la descente.

— Madame Gauthier, rentrez chez vous et préparez des affaires. S'il est incarcéré, il n'aura rien pour se changer.

Sur le chemin du retour, Hugues conduit. Anna appuie sa tête contre la vitre de la voiture. L'image de cette femme, emmenée trois ans plus tôt par la police à la sortie du tribunal, se superpose à celle de son fils menotté. Elle la repousse. Il n'y a rien de commun entre ces deux situations, se convainc-t-elle en silence. Elle se refuse à toute analyse, elle veut seulement refermer cette parenthèse surréaliste. Une incarcération ? Elle pourrait presque en rire. Léo a lancé son sac sur un flic, d'accord, mais on n'envoie pas un gosse en prison pour ça. Surtout pas un gosse comme le sien. Ces gens sont sous tension, mais tout va rentrer dans l'ordre. Elle trouve la force de téléphoner à Coline pour la prévenir de son absence. Elle ne livre aucun détail, elle dit, j'ai un souci familial, il faut fermer. Chaque minute supplémentaire la persuade que le malentendu sera dissipé d'ici au soir. En arrivant chez elle, elle se rend dans son jardin. La mer au loin semble immobile. Anna aussi se sent en suspension. Elle attend la délivrance, respirant les effluves qui s'exhalent des plantes aromatiques. Oui, ce soir, tout sera terminé. Ils le garderont quelques heures, ils veulent marquer le coup et à la réflexion, ce n'est pas plus mal, ce sera une bonne leçon. Que faisait-il dans cette manifestation ? Pourquoi a-t-il agi ainsi ? Est-ce en rapport avec cette fille ? Il est fautif, c'est indiscutable. Il a eu une attitude inappropriée et doit être sanctionné, elle s'assurera que ce soit le cas. C'est un avertissement qui doit rappeler à Léo la chance qu'il a de vivre protégé et l'importance de préserver l'avenir. Qui doit le leur rappeler à tous.

Elle marche de long en large, ajustant mentalement le discours qu'elle tiendra à son fils, mais la main d'Hugues se pose sur son épaule.

— L'avocate nous attend, elle a vu Léo, il va bien.

Dans sa vie précédente, lorsqu'elle ne s'appelait pas encore Anna Gauthier mais Anna Lacourt, un nom qu'elle haïssait pour en avoir subi les déformations durant toute sa scolarité, Anna Lacourge, Anna Lacourte (et d'autres pires encore), un nom qui l'a investie, envahie, dévorée, cours Anna, cours, puisqu'elle a couru à en perdre haleine, couru pour se cacher, pour éviter, tromper ou semer l'ennemi, dans cette vie qui ne connaissait aucun répit, aucun repos, dans ces cités autrefois ouvrières aux couleurs délavées, aux rues rectilignes, sales, bordées de mauvaises herbes, Anna a souvent été interrogée. Par des vigiles, par des policiers du commissariat, par des filles qui se faisaient passer pour des amies mais n'en étaient pas (celles-ci ont vite disparu du tableau, Anna avait appris à les identifier), par les bandes de jeunes de son âge qui organisaient des expéditions punitives, par ceux qui voulaient se servir d'Anna, se servir en Anna.

À l'âge de quatorze ans, Anna a cessé de répondre aux questions. Cela paraît tout simple.

Ses interlocuteurs n'aimaient pas qu'elle se taise. Ils ont cogné de toutes les manières possibles pour faire sortir un son. Ceux qui ne pouvaient pas user de leurs mains, de leurs pieds, ou d'autres parties de leurs corps ont usé de leurs mots. Certains étaient très doués.

Rien n'y a fait. Anna s'est glissée hors d'elle-même, et une autre Anna s'est invitée à sa place.

L'avocate n'est pas seule. Elle est accompagnée d'une consœur, une brune au visage ridé qui ne semble pourtant pas avoir plus de cinquante ans. Hugues pense, elle a pris trop de soleil. Il lui trouve une certaine vulgarité. Anna remarque le grain de peau abîmé, le menton fuyant malgré des yeux vifs, elle pense, cette femme ne roule pas sur l'or ou elle se fiche de son apparence – et ces deux hypothèses la perturbent autant l'une que l'autre.

— Je vous présente maître Hamadi. Elle est avocate pénaliste et va reprendre le dossier de Léo, sauf si vous souhaitiez faire appel à quelqu'un d'autre. Je ne suis pas formée à ce type de cas. J'en ai parlé à Léo, il est d'accord.

— Je ne comprends pas, s'étonne Anna. Quand vont-ils le laisser sortir ?

— Madame, intervient la pénaliste, la garde à vue suit son cours. Votre fils a été examiné par un médecin qui a confirmé qu'il est en bonne santé. Il est suspecté de violences volontaires avec circonstances aggravantes : il a frappé un membre des forces de l'ordre et usé d'une arme par destination.

— Vous plaisantez, l'interrompt Hugues. Vous parlez de son sac à dos ? Une arme par destination ?

Maître Hamadi prend des journaux posés sur son porte-documents, les pousse vers le couple.

— Nous avons une scène de violence diffusée en boucle à la télévision et sur les réseaux sociaux. La photo de votre fils est en première page de la plupart des journaux. Nous vivons dans un climat d'extrême tension depuis des mois, avec de nombreux incidents, les forces de l'ordre ont été mises en cause à plusieurs reprises, les syndicats de police sont vent debout. Et nous avons ici un blessé, semble-t-il assez grièvement. Vous comprenez bien qu'ils ne vont pas laisser passer l'occasion, elle est beaucoup trop belle.

— Quand va-t-il sortir, répète Anna qui ne distingue soudain qu'un mot sur deux.

— La garde à vue initiale peut durer vingt-quatre heures et être prolongée si c'est jugé nécessaire. D'ici là, je vais assister à l'interrogatoire. Le procureur décidera de la suite à donner.

— Je ne devrais pas vous le dire, ajoute maître Cazeau, c'est en principe couvert par le secret de la garde à vue, mais il semble que votre fils ait voulu défendre son amie. Elle criait, il a supposé que le policier l'avait frappée, il est devenu fou – du moins ce sont ses termes. Pour le reste, nous n'avons pas encore accès aux éléments de l'enquête. Mais ces images ne nous aident pas.

— À votre connaissance, a-t-il participé à d'autres manifestations ? Était-il engagé politiquement ? poursuit maître Hamadi. Qui l'accompagnait en dehors de cette fille ? Au fait, vous la connaissez ? Vous pourriez la contacter ?

Hugues se tourne vers Anna : c'est elle qui est censée détenir les informations. C'est elle qui résout les problèmes, contourne les difficultés, débusque les réponses.

— Je ne connais que son prénom, Noémie, et encore, s'il s'agit bien d'elle. Maître, Léo est sérieux, il travaille bien, il est admis dans une bonne école. Il a des opinions bien sûr, mais il n'a jamais manifesté.

— Pour autant que vous le sachiez, madame, coupe l'avocate. Quoi qu'il en soit, nous reprendrons cela plus tard. Je dois me rendre à son audition. Je vous invite à rassembler quelques affaires. En temps normal, je vous dirais qu'il sera chez vous ce soir, mais dans ce contexte de crise, je ne peux rien exclure.

C'est la deuxième fois que l'on suggère à Anna de préparer un sac pour son fils.

Pas plus que les hommes en noir ou le capitaine de gendarmerie, cette avocate ne semble saisir qui est Léo. Pourtant elle ne perd pas espoir. Il y a des images, certes, mais il y a aussi dix-huit ans d'un parcours sans histoire.

Il y a la vérité toute simple.

Hugues signe les papiers que lui a remis maître Hamadi, se lève.

— Allons-y, allons préparer des vêtements.

La dernière fois qu'elle a rempli pour lui un sac de voyage, Léo devait avoir treize ou quatorze ans, c'était pour un séjour linguistique organisé en Angleterre. Avant ça, il y a eu des stages d'été sportifs, du foot lorsqu'il était très jeune, puis du tennis et de la voile. Le tennis, il n'aimait pas tellement, mais ses parents tenaient à ce qu'il le pratique. Ils l'ont inscrit dans un club au droit d'entrée exorbitant, convaincus que les amitiés nouées sur la terre battue sont plus fertiles que d'autres. Léo a joué chaque mercredi durant onze ans, puis il a cessé les cours à son entrée en terminale, prétextant qu'il devait se concentrer sur son travail scolaire. C'était sans conséquence, l'objectif était atteint et même dépassé : Anna et Hugues avaient profité des entraînements et des tournois de Léo pour agrandir le cercle de leurs relations. De nombreux projets s'étaient formés et des contrats s'étaient conclus à l'ombre des parasols beiges du club-house, qui rassemblait l'essentiel de l'élite régionale. Hugues y avait obtenu des informations confidentielles lorsqu'il était journaliste, puis des soutiens financiers lorsqu'il avait pris en charge les affaires culturelles du Village. Anna y avait été sollicitée pour une urgence ou une ordonnance que l'on préférait lui transmettre ici plutôt qu'à la pharmacie, pilules bleues ou du lendemain, anxiolytiques, traitements dermatologiques. Grâce à cet investissement constant, le couple, qui avait maintenu son adhésion en dépit de l'abandon de Léo, figurait désormais parmi les incontournables du club. Et quinze jours plus tôt, lors du traditionnel dîner caritatif, après une décennie à progresser lentement depuis le fond de la salle vers l'estrade où se tenait la vente aux enchères, Hugues et Anna avaient été pour la première fois placés à la table d'honneur. Ce soir-là avait eu pour Anna un goût inoubliable. Entre le fromage et le dessert, son voisin de droite, propriétaire d'un gros laboratoire spécialisé dans la production de cosmétiques bio, lui avait offert de le rejoindre à la direction générale, un poste où elle devrait déployer ses compétences autant que son influence.

Anna avait éprouvé l'ivresse de l'alpiniste approchant le sommet de l'Everest et contemplant la courbure de la terre, le corps épuisé mais plus vivant que jamais. Ainsi, quelque vingt-cinq ans après s'être libérée de ses chaînes, poursuivait-elle encore son ascension ! Elle avait toutefois réservé sa réponse.

Sa réussite reposait sur la prudence, une extrême vigilance, la capacité à tempérer son enthousiasme et résister aux tentations. Elle voulait prendre son temps, visiter le laboratoire, étudier les chiffres, évaluer l'impact patrimonial et financier, puisqu'elle devrait renoncer à sa pharmacie et revendre ses parts – ce que lui avait volontiers accordé son interlocuteur : c'était une affaire à régler avant l'été, sans précipitation.

Ses gestes sont lents, son corps se refuse à obéir aux ordres. Elle remplit le sac, chaussettes, caleçons, t-shirts, l'esprit gelé, occupé par une seule image, celle de son fils aimé. Ce qu'elle a en tête, ce n'est pas cette scène d'un gamin excité qui semble fasciner le pays en entier, c'est Léo assis seul, dos au mur. Un mur, voilà ce qu'elle voit et revoit sans cesse. Elle se surprend à douter, par brefs éclairs qu'elle réprime en revenant au même discours circulaire : son fils est un garçon sérieux, issu d'une bonne famille, cette garde à vue est un avertissement, il sera bientôt de retour à la maison.

Elle a prévu de se rendre seule à la gendarmerie : Hugues doit assister à une importante réunion. C'est ce qu'il a affirmé à Anna et elle a fait semblant de le croire. Elle devine que c'est sa façon à lui de contrer son impuissance, de faire défiler le temps plus vite. Elle s'efforce de ne pas le juger pour ne pas ajouter un problème à un autre.

C'est une épreuve, pourtant, que de se trouver dans ce bâtiment à la peinture défraîchie, sachant que Léo est enfermé à quelques mètres de là. Son cœur s'emballe lorsqu'elle franchit le seuil, mais elle parvient à brider le cri qui gronde au plus profond de son ventre. Elle fait bonne figure. Elle veut mettre ces hommes en uniforme de son côté, de celui de Léo, elle veut qu'ils l'aiment, qu'ils pensent comme elle que c'est un gosse qui n'a rien à faire là, pas un casseur de flics. Elle veut qu'ils prennent soin de lui. Elle leur sourit, leur tend le sac comme s'il s'agissait d'un cadeau, leur dit, « Soyez gentils, je compte sur vous ! ».

Elle espère qu'ils pourront dialoguer et s'entendre, d'adulte à adultes, mais les gendarmes demeurent impassibles et elle repart mal à l'aise, anxieuse d'en avoir trop fait, d'avoir pu aggraver la situation au lieu de l'améliorer.

Hugues revient pour le déjeuner. Il est sombre, il raconte qu'il a reçu l'appel d'un ancien confrère toujours en place au journal : les médias s'apprêtent à annoncer l'arrestation de Léo. Ils l'ont identifié grâce aux réseaux sociaux – la moitié des lycéens de la région y commentent ses exploits.

— Je n'aime pas ta manière de parler, le coupe Anna. Ses exploits.

Quelque chose d'infime a changé entre eux, qu'ils sont encore incapables de discerner.

— Ce n'est pas ma manière de parler, riposte-t-il, c'est celle de tous ces jeunes. C'est bien le problème, d'ailleurs. La plupart d'entre eux le portent aux nues. Ils se réjouissent que le flic soit blessé.

— Et comment réagissent tes collègues ?

La réunion d'Hugues portait sur l'aménagement d'un kiosque à musique dans le parc de l'abbaye. Il l'a employée à observer ses collaborateurs, avec ce sentiment étrange de posséder une information qui ferait bientôt basculer les regards, les équilibres. Jusqu'à ce maudit coup de fil, il espérait que la garde à vue de son fils demeurerait privée. C'est fichu.

— Je n'ai encore rien dit. Et de ton côté ? J'ai essayé de te joindre dix fois.

Anna sort son téléphone de son sac à main. Elle a oublié de désactiver le mode silence après leur rendez-vous au cabinet. Une longue liste de notifications s'affiche sur l'écran, Hugues, Coline, Alix, d'autres noms, des amis, des relations, des parents d'élèves, le lycée. Elle repose l'appareil comme s'il était brûlant.

— Appelle Alix, la prie Hugues. Elle a sûrement pu joindre Tim.

Elle pense à la rumeur. Il a suffi d'une demi-journée pour qu'elle se répande. Elle pense au prénom de son fils dans la bouche de ces gens. Aux messages qu'ils s'envoient.

Tu es courant pour Léo Gauthier ? Tu as vu les images ? Tu connais les parents ? Il paraît qu'il est, on m'a dit qu'il avait…

Ce qu'ils se permettent, tous. De quel droit ?

Elle est soulevée d'une bouffée de haine.

Dans les cafés, autour des flippers. Sous le préau. À la cantine. Dans les couloirs à l'interclasse. D'une mobylette à l'autre, stationnées devant la grille du collège. Au dernier rang de l'autobus, dans la file d'attente du cinéma, chez les uns, chez les autres, au parc en fumant une clope ou en buvant une bière pour profiter de l'heure d'été, sur le terrain de foot, sur les bancs de la piscine municipale, dans les vestiaires de gym. Au téléphone ou en chuchotant à l'oreille, griffonné sur des feuilles déchirées, gravé au compas sur les bureaux de bois jaune, imprimé au marqueur sur le mur des toilettes, à la craie sur le sol de la cour.

Elle est,
Il paraît que,
Tu as vu ?
Tu sais pas ?
Elle a,

La salope. La pute. La moche.
La courte.

Ses cheveux,
Ses fringues,
Son gros cul.
Même pour dix balles,

Les rires, les ricanements, les tapes sur l'épaule, les coudes dans les côtes, les flèches, les lances, les poignards, les baïonnettes, les haches.

Les mots, les mots, les mots.

Décapitée.

Tim a rappelé sa mère : ainsi Anna en apprend-elle un peu plus sur le samedi précédent. Après les cours, les garçons ont rejoint Noémie et deux de leurs copains, Mathis et Aurélio. Ils ont déjeuné dans un fast-food, puis se sont rendus chez Mathis où ils ont passé une partie de l'après-midi à jouer aux jeux vidéo. Ils ont eu envie de faire un tour en centre-ville, sans projet précis, ils ignoraient qu'une manifestation avait lieu, ils ont débouché d'une petite rue sur la place de la mairie, les échauffourées avaient démarré, une grenade lacrymogène a chuté près d'eux, des fumigènes, ils ont couru. À partir de là, ils se sont perdus de vue et se sont retrouvés bien plus tard. Léo et Noémie ont raconté comment le flic avait attrapé Noémie et l'avait traînée avec brutalité, comment Léo s'était porté à son secours. Ils étaient bouleversés, surtout Léo (Anna n'est pas étonnée). Ils croyaient qu'en faisant profil bas, tout rentrerait dans l'ordre, ils sont convenus de se taire.

Anna est vaguement rassurée : tout concorde avec ce qu'elle a compris des faits. Une action impulsive due au hasard, aux circonstances, des violences partagées. Elle remercie Alix. Elle appréhendait ce coup de fil, mais à présent, elle apprécie d'entendre sa voix amicale.

— Je suis désolée, conclut Alix. Sois confiante, ils vont le relâcher.

Il est 16 h 30. Cela fait bientôt dix heures que Léo est en garde à vue. Anna s'allonge sur son lit. Les murs de la chambre sont tapissés de photos en noir et blanc. Anna et Hugues en peignoir, dans une splendide chambre d'hôtel lors de leur voyage de noces. Le jeune couple assis côte à côte lors d'un dîner organisé par le Lions Club de Monaco – Anna portait un collier de perles prêté par sa belle-mère, qu'elle lui a finalement offert après la naissance de Léo. Le baptême de Léo, Léo en maillot de bain à trois ans, Léo juché sur un poney à cinq ans, Léo entre ses deux parents à douze ans, une marguerite entre les dents. Rien de postérieur : Léo a ensuite refusé d'être photographié, Anna a usé de subterfuges, déclenché l'appareil par surprise, mais le résultat ne méritait plus un encadrement dans la suite parentale. Il faut avouer que Léo a, comme beaucoup d'autres, connu à l'adolescence une période disgracieuse, de l'acné, une barbe fainéante. Depuis un an environ, il a retrouvé sa beauté sportive, une peau nette, un regard plus affirmé. Sa mère en a été soulagée. Elle sait le poids de l'apparence dans le contrat social.

— Maître Hamadi en ligne, dépêche-toi !

Depuis la terrasse où il s'est assis pour prendre son café, Hugues hèle sa femme. Elle saute du lit pour le rejoindre.

Il a activé le haut-parleur et pose sa main sur celle d'Anna.

— Il y a eu deux interrogatoires, commence maître Hamadi.

Plus tard, ils connaîtront le contenu des échanges, elle le promet. Pour l'heure, c'est trop tôt – le secret, encore et toujours.

Ce qu'elle peut leur dire : Léo sera déféré demain devant le juge d'instruction à la demande du procureur.

Des colonnes de fourmis glacées s'élancent à l'assaut d'Anna.

— Mais alors, il peut dormir ce soir à la maison, hasarde-t-elle.

— Certainement pas, réplique maître Hamadi. Il reste là-bas.

Ils ne pourront pas lui parler, ni même le voir. Aucun contact, d'aucune sorte, n'est autorisé. La procédure suit son cours.

— Et ensuite ?

— Ensuite, selon toute logique, le juge devrait le mettre en examen.

Et Léo rentrera, ou pas.

Ils passent la soirée à récapituler ce qu'ils savent. À chaque fois, ils en reviennent à la même conclusion. Ceci est une folie. Ils sont au bord d'un précipice, mais n'en voient pas la dimension. Ce qu'ils comprennent l'un et l'autre, c'est qu'ils n'ont plus aucun contrôle sur les événements.

Anna envoie un message à Coline. Elle écrit qu'elle ne viendra pas travailler le lendemain, qu'il faut encore fermer la pharmacie « pour raison exceptionnelle ». Elle promet d'être de retour le mercredi matin. Coline répond : c'est noté, désolée pour votre fils.

Hugues se résout à appeler ses parents, qui vivent sur la côte basque et n'ont aucune idée de la situation. De sa main libre, il allume le téléviseur et sélectionne une chaîne d'information. L'arrestation de Léo s'inscrit en bandeau rouge. Cela lui porte un coup terrible, mais il réussit à maîtriser son émotion et poursuit sa conversation avec sa mère, s'appliquant à minimiser les faits.

Anna va s'allonger. Elle tire du tiroir de sa table de chevet une vieille boîte de Lexomil. Elle n'en a plus utilisé depuis longtemps et vérifie la date de péremption avant d'en avaler une barrette. Elle se demande si son fils parviendra à dormir. S'il a peur. Elle se demande ce qu'il a mangé et bu. S'il a pu utiliser les affaires qu'elle a apportées. S'il est seul en cellule, si c'est une cellule au fait, s'il y a un lit ou au moins un matelas avec des draps, un oreiller, s'il peut se brosser les dents, s'il a accès à des toilettes privées.

Toutes ces questions qu'elle a omis de poser à l'avocate. Et maintenant, il est beaucoup trop tard pour lui téléphoner.

Puis le Lexomil fait effet et elle sombre, avec un mur pour tout horizon intérieur.

Ce qu'Anna avait préféré, lors de sa première visite (les parents d'Hugues vivaient encore ici, c'était en quelque sorte les présentations officielles, elle avait soigné sa tenue, une jupe blanche et un chemisier en lin, elle s'en souvient comme si c'était hier car le jus d'une cerise avait malencontreusement atterri sur sa jupe et elle avait passé l'après-midi mortifiée, à se tordre dans des positions insensées pour dissimuler la tache), ce qui l'avait fascinée, c'était cet emplacement sur les hauteurs, dominant la côte. Anna n'avait jamais été attirée par l'accès à la mer, où se pressaient les foules dès le mois d'avril et jusqu'en octobre. Sur cette colline, elle se sentait à l'abri de tout et de tous. Elle ne voyait pas s'y dresser une sublime villa, mais un donjon fortifié où régnaient les puissants. Lorsque les Gauthier, fatigués des fortes chaleurs du Sud, avaient déménagé pour Biarritz et proposé à Hugues de s'y installer, elle s'était senti pousser des ailes. Elle était consciente qu'elle n'était pas la propriétaire. Elle savait qu'il lui faudrait travailler dur pour mériter ce décor, comme ces jeunes actrices qui louent à prix d'or des robes d'exception pour déambuler sur les tapis rouges en attendant le moment où les marques de luxe se presseront pour leur en prêter. Mais à chaque fois qu'elle garait sa voiture près du mur d'enceinte et retrouvait le balancement tranquille des grands arbres, elle entrait en connexion avec ce qu'elle avait de plus déterminé. Tout lui semblait soudain possible, ouvert, promis. Encore aujourd'hui, conduire sur la route en lacets et voir dans son rétroviseur les habitations se clairsemer, la pinède se densifier, le sommet de la colline approcher, générait en elle l'euphorie des grandes victoires.

Pour Léo, c'était autre chose. Petit, sa mère l'emmenait partout. Ils parcouraient ensemble des distances phénoménales pour aller de l'école au cours de judo et au conservatoire de musique (et plus tard, au club de tennis), pour se rendre à une visite médicale ou chez l'orthodontiste, à un goûter d'anniversaire ou chez le coiffeur. Puis à treize ans, le garçon avait revendiqué un peu d'indépendance. Hugues et Anna lui avaient offert un vélo, mais il ne pouvait guère l'utiliser, tant il était ardu de grimper du Village jusqu'à la maison. Il s'était mis à détester cet endroit qui l'empêchait de se lier aux autres autant qu'il l'aurait voulu, et parfois même à détester ses parents qui lui répétaient à l'envi qu'il avait une chance folle de vivre dans un tel paradis. Il s'était senti incompris, avait noirci des pages rageuses, systématiquement chiffonnées et jetées – quelque chose le retenait d'affronter sa mère, quelque chose qu'il ne savait pas définir, il se refusait à la blesser. Il avait profité de l'entrée en seconde pour réclamer une de ces petites motos que la plupart des adolescents du coin conduisaient et qui leur permettaient d'éviter de fastidieux trajets en bus. Anna avait cédé. Sa vie et celle de son fils emprunteraient désormais deux voies distinctes. C'en était fini de leurs longs échanges, lorsque Léo s'interrogeait sur le mouvement du monde (ils allumaient la radio sitôt installés dans la voiture et commentaient ensemble les informations), lorsqu'il partageait avec elle ses joies et ses déceptions amicales, lorsqu'il s'emportait contre une injustice ou imitait un professeur grincheux. En acceptant que Léo devienne autonome, Anna renonçait à cette petite place, discrète et confortable, ce strapontin de velours depuis lequel elle observait l'existence de son fils. C'était aussi l'époque où leurs corps s'étaient éloignés. Léo était gêné par les contacts physiques avec ses parents. Les câlins devenaient furtifs, les baisers déposés du bout des lèvres. Elle n'en était pas surprise mais elle en avait souffert.

Puis, dans ce nouvel établissement scolaire, choisi avec soin pour sa bonne réputation et ses excellents résultats, Léo avait fait la connaissance de Tim, et Anna, celle d'Alix. À défaut de se fondre, les chemins s'étaient à nouveau croisés. Anna n'avait pas retrouvé leur complicité d'autrefois, les univers demeuraient cloisonnés, mais cette double amitié ouvrait d'autres perspectives et lorsque les deux couples dînaient avec leurs fils ou les emmenaient passer un dimanche en mer, elle était envahie d'un sentiment bouleversant d'harmonie et de fierté.

Ils se sont disputés, ce qui n'arrive presque jamais. Hugues est exténué : Anna a programmé le réveil à 5 h 30, elle tenait à être postée devant la gendarmerie dès 7 heures. Il faudra bien qu'ils le transfèrent ! Il leur suffira d'être là, au bon moment, pour voir Léo ne serait-ce qu'un instant. Mais le décompte des vingt-quatre heures de la garde à vue commence-t-il à l'heure précise de l'arrestation ou à l'arrivée dans les locaux ? Encore une question qu'elle n'a pas eu la présence d'esprit de poser à l'avocate. Pour cela, elle pourrait se gifler.

Elle a réfléchi, calculé, intégré la marge d'erreur : 7 heures lui a paru prudent.

Hugues jugeait ce plan hasardeux. Cela ressemblait à quoi, de faire le pied de grue à l'aurore, probablement en pure perte ? Il n'a pas aimé l'expression agressive d'Anna lorsqu'il a émis des réserves. Qu'imagine-t-elle à la fin ? Qu'il ne se soucie pas de son fils ? Mais Anna n'imagine rien. Elle n'est plus en capacité d'imaginer quoi que ce soit. Léo doit être effrayé, il est seul, c'est tout ce qui lui importe.

Leurs réflexions vont à rebours l'un de l'autre. Hugues déteste cette image d'un fils tremblant. Il a besoin d'avoir foi en Léo, en sa solidité. Cela signifie-t-il qu'il l'aime moins ? Sa femme pense-t-elle détenir le monopole de la sensibilité ? Il a transmis à son fils ce qui lui avait été enseigné, et avant lui, à son père et au père de son père. À l'époque, s'il se souvient bien, elle n'était pas contre : ne pas geindre pour un rien, car tôt ou tard, les garçons partent en guerre ou en chasse.

Anna laisse échapper un rire caustique. La guerre et la chasse, ça la connaît.

Ils demeurent plus d'une heure devant l'enceinte, lui avachi sur le volant, elle dehors, appuyée sur le capot. Un gendarme passe et jette un œil : la pharmacienne et l'adjoint au maire, voilà qui est intéressant !

Une heure et quinze minutes pour percevoir enfin le bruit d'un moteur derrière le bâtiment principal. Hugues bondit, Anna se crispe, le cœur à l'arrêt tandis que le fourgon approche, ralentit, le temps pour son chauffeur de vérifier qu'il peut obliquer sans danger. Le cri d'Anna déchire les parois métalliques. Léo ! Une silhouette mince se penche vers la vitre grillagée, Anna accroche son regard, délivre tout ce qu'elle possède d'amour, cela dure une seconde, un éclair atomique et c'est déjà fini, le fourgon est loin, il ne leur reste qu'à prendre à leur tour la direction du tribunal.

Sur place, maître Hamadi les met en garde : Léo sera entendu, mais à quelle heure, nul ne le sait. La justice leur assigne un rythme singulier sur lequel elle n'a guère de prise.

Les bras croisés, genoux serrés, Anna examine ces gens assis autour d'elle, dont les marques d'épuisement sont le seul dénominateur commun. Elle se sent si peu à sa place. Hugues fixe sa montre au cadran doré, se lève parfois, se dégourdit les jambes, ouvre un jeu sur son téléphone. Les critiques de sa mère le colonisent depuis la veille. Elle lui a reproché son éducation laxiste : les fautes des fils sont celles des pères. Il ressasse cette phrase, qu'il a préféré garder pour lui.

Le temps s'étire, les abandonnant chacun à leurs ruminations.

L'audition a-t-elle commencé ? Le magistrat sera-t-il bienveillant ?

À vrai dire, leur fils est face au juge. Il se tient droit malgré un dos contracté, des membres engourdis, une conscience embrumée. Il lutte contre l'envie de bâiller, tente de se concentrer sur son environnement. Paradoxalement, les heures qu'il vient de traverser ont un effet analgésique. Il ne ressent plus l'angoisse ni la douleur, seulement le poids de l'inconnu. Le cadre est rassurant, c'est un bureau banal où traînent une plante assoiffée, un paquet de biscuits entamé, un café froid. Et puis le magistrat est jeune, Léo lui donne une trentaine d'années. C'est bon signe, se persuade-t-il. Il a le sentiment qu'il touche à la fin de l'épreuve. Cet interrogatoire est un soulagement. Il est prêt à tout dire, à livrer chaque détail – bien que l'avocate lui ait conseillé d'être synthétique. Il n'a rien à cacher ! Avec exactitude, il fournit les mêmes réponses qu'aux gendarmes : il s'est trouvé là par hasard. Il a frappé, il ne le nie pas, c'était instinctif, il a défendu sa copine, sans intention de blesser et sans réaliser la portée de son geste. Cette lourde chaîne, munie de son cadenas et coincée entre deux livres dans son sac à dos, c'est celle de son vélo, qu'il avait prévu de donner à Noémie. Il s'en veut de s'être emporté. Il tient à faire amende honorable et prie pour qu'on le renvoie à sa vie, son avenir. Il répète qu'il est désolé, désolé, tellement désolé.

Le magistrat hoche le menton, dubitatif.

D'un ton las, il prononce la mise en examen de Léo et annonce la saisine du juge des libertés et de la détention.

Hugues et Anna ont patienté plus de trois heures. Ils sont fourbus d'inaction, saoulés du bourdonnement épais et incessant des conversations de passage, des éclats de voix, du grincement des portes, des sonneries intempestives, mais enfin, maître Hamadi est de retour. À son allure, ses claquements de talon volontaires, Anna comprend que tout s'accélère. Dans le soleil trompeur qui filtre au travers des immenses fenêtres, la poussière virevolte au gré des courants d'air et vient gratter sa gorge. Elle écoute l'avocate aligner ses phrases d'un ton gêné et monocorde, amorçant la possibilité du pire.

Alors comprenez bien.

La gravité des faits.

Les risques avancés par le juge d'instruction d'une remise en liberté.

La requête d'une mise en détention provisoire, l'audience imminente qui en décidera.

Anna s'adosse au mur, étourdie. Des taches blanches virevoltent devant ses yeux.

— Mais vous pourrez le voir, ajoute maître Hamadi, comme s'il s'agissait d'une consolation. C'est une audience publique : à condition de garder le silence, vous avez le droit d'y assister.

À 13 h 30, ils pénètrent dans une salle minuscule à l'odeur de rance. La juge des libertés et de la détention, une femme âgée d'une cinquantaine d'années, y a pris place en compagnie d'une greffière et du procureur. La main d'Hugues se pose sur le bras de sa femme tandis que s'ouvrent les portes latérales et qu'apparaît Léo, encadré par deux agents, encore une fois menotté. Le garçon regarde ses parents, honteux de leur imposer cette humiliation. Pourra-t-il conserver leur confiance après une telle bêtise ? Les voir si près de lui, tendus et malheureux, réactive sa détresse. Mais déjà, la juge vérifie son identité, rappelle les points de procédure, les faits qui lui sont reprochés – ce terme de violence volontaire, planté comme une lame dans le cœur d'Anna. Puis c'est le discours indigné et flamboyant du procureur qui l'accuse d'avoir menti, d'avoir prémédité son geste, de feindre le remords, qui le dépeint comme « un de ces jeunes surexcités » abusant de l'alcool et des stupéfiants avec le chaos pour unique ambition, et qui pour finir, requiert avec fracas un placement sous mandat de dépôt, au prétexte qu'il existerait non seulement un risque de trouble à l'ordre public, mais aussi de pression ou de concertation avec les témoins.

— Renvoyer ce garçon chez lui, Madame la Juge, assène-t-il, exalté, ce serait lancer un bâton de dynamite dans la poudrière nationale, vous ne prendrez pas ce risque !

Anna et Hugues sont abasourdis. Ils ne retrouvent pas le moindre trait de leur fils dans ce portrait à charge et au galop. Ils se tournent vers maître Hamadi, espérant un miracle, un retournement, une plaidoirie brillante et audacieuse, de celles que l'on suit dans les grands procès, mais l'avocate se contente d'une défense attendue, dépeignant un lycéen comme un autre, victime d'un malheureux concours de circonstances, admettant même qu'il a pu se laisser entraîner à « quelques excès, mais quel garçon de cet âge n'en commet-il pas » ?

— Je vais vous demander de bien vouloir sortir afin que je puisse délibérer, lâche la magistrate, sans dissimuler son ennui.

C'est un torrent qui engloutit Anna, engloutit le réel. Elle contemple ces deux personnes, procureur et avocat, qui ignoraient jusqu'à l'existence de Léo voici deux jours et prétendent analyser son histoire, ses actes, ses desseins, ses désirs enfouis, mieux que sa propre famille. De quel chaos parle-t-on ? De quels excès ? Ces gens ont-ils perdu la tête ? Se souviennent-ils que Léo a un baccalauréat à passer ? Se souviennent-ils du garçon sportif et poli, de l'ami serviable et généreux, de l'élève apprécié de tous ? Ne voient-ils pas combien il est effondré par les conséquences de son geste ?

Elle contemple cette femme, tenue de se faire une opinion en moins d'une heure.

La juge n'a pas encore rendu son verdict, mais Anna le devine. Elle a décrypté ce mouvement du menton, lorsque le procureur a mentionné les stupéfiants, cette main agacée écrasant la pointe d'un crayon après que Léo, invité à s'exprimer, a réaffirmé qu'il n'avait aucun plan d'aucune sorte et réitéré ses excuses.

— Ils sont prêts à inventer n'importe quoi pour lui donner tort, murmure-t-elle à Hugues, alors qu'ils font ensemble les cent pas dans le couloir. Son sort était scellé avant même qu'il franchisse le seuil.

Les portes se rouvrent.

Voici de nouveau leur garçon menotté, nuque fléchie, écoutant la sentence.

— J'ai décidé, monsieur, après avoir bien réfléchi, de vous placer sous mandat de dépôt pour une durée de 4 mois renouvelables. Vous trouverez les motivations détaillées dans l'ordonnance dont je vous remets la copie ici. Il m'est impossible de faire autrement, compte tenu de la gravité des faits, du climat social et des circonstances particulières de cette affaire. Vous pourrez faire appel de cette décision dans les dix jours.

Il est 14 h 15. Le ventre du procureur émet un bruit grotesque, générant des rires étouffés dans la salle.

Léo, anéanti, signe la notification d'ordonnance.

Il quitte la pièce la tête baissée, accompagné de son escorte.

Hugues serre Anna contre lui.

Moins de soixante-douze heures ont suffi à plonger leurs vies parfaites dans l'obscurité.

L'une des plus cruelles tortures, celle qui engendre toutes les autres, survient à l'école lorsque Anna est âgée de sept ans. Celui qui règne ici en a neuf, il a le visage grêlé et les yeux jaunes d'un serpent. Lors des récréations, entouré d'une assemblée servile, il se tient au pied d'un gros érable. Il y choisit ses victimes, y rend ses sentences, en nomme les exécuteurs.

En vérité, ce sont toujours les mêmes, condamnés ou bourreaux.

Ce jour-là, deux garçons empoignent Anna et la traînent jusqu'à la grille d'enceinte pour y ligoter ses poignets. Assise sur le béton, mains dans le dos, elle ressemble à une poupée abandonnée. La ficelle à rôti qu'ils ont utilisée cisaille ses chairs, ses genoux s'entrechoquent, mais c'est pour jouer, se rassure-t-elle bravement à haute voix : ils vont bientôt la libérer.

C'est un après-midi d'hiver, le ciel bas enveloppe la cour de son ombre gelée, le vent se lève, les nuages menacent de crever. Encore une seconde et des trombes d'eau s'abattront sur l'école. La cloche sonne, les enfants accourent en criant, se mettent en rang sous le préau et s'engouffrent dans le bâtiment.

Anna regarde les salles s'éclairer une à une d'une lumière chaude et vivante tandis que la tempête éclate et que la pluie l'inonde. Elle baisse la tête, tire de toutes ses forces sur ses bras, se blesse un peu plus. Les rafales l'étourdissent et hurlent dans ses oreilles, ses cheveux volent dans ses yeux, dans sa bouche, elle a froid et elle pleure.

Cela dure vingt minutes qui semblent durer vingt ans. Enfin, sa maîtresse s'aperçoit qu'Anna Lacourt n'est pas assise à sa place. Elle donne l'alerte.

Le Serpent a choisi un angle mort. Il faut un certain temps pour que le directeur découvre la fillette à l'arrière de l'érable. Il en faut plus encore pour la désentraver : l'humidité a resserré les nœuds. « Eh bien dit-il, te voici drôlement menottée ! »

Il veut la prendre dans ses bras, mais recule en comprenant qu'elle a uriné. Elle sent mauvais. Il se contente d'attraper sa main, lui demande qui lui a joué ce mauvais tour. Elle ne répond pas.

Plus tard, il fait aligner les élèves dans le réfectoire et prévient que si personne ne se dénonce, tout le monde sera puni.

Personne ne parle.

Dès le lendemain, sans qu'on puisse en déterminer l'origine, la rumeur circule qu'Anna Lacourt a fait pipi dans sa culotte. À partir de ce jour, les enfants l'appellent la pisseuse.

Leur fils est en route pour la prison – bien que ce mot n'ait jamais été prononcé, comme s'il était vulgaire, banni au profit des termes moins embarrassants d'incarcération, de détention, de maison d'arrêt. Anna est assommée. Elle fixe son attention sur le carrelage froid pour contrer l'invasion des larmes. Hugues au contraire écume. Il exige des comptes. Comment est-il possible d'en arriver là ? Un garçon au passé plus vierge qu'une nonne. Pour une bousculade ! Dans le couloir du tribunal, les têtes se tournent, alertées par les éclats de voix.

L'avocate lui demande s'il a consulté les réseaux sociaux. A-t-il pris la température du pays, ces dernières heures ? On est au-delà de l'ébullition ! Elle lui montre sur son téléphone la longue liste de groupes, de pages, de *hashtag* à la gloire de Léo. Soutien à Léo Gauthier. Les Gilets jaunes avec Léo Gauthier. Contre l'oppression avec Léo Gauthier. Lycéens en colère avec Léo Gauthier. Contre les violences policières avec Léo Gauthier. Je suis Léo Gauthier.

Hugues repousse l'appareil d'un geste irrité.

— Ces gens sont malades, rétorque Hugues. On ne veut pas de leur soutien.

— Et ce n'est qu'un aperçu, souligne l'avocate. Votre fils est érigé en héros. Il ne s'agit plus d'une simple bousculade, on est à un autre niveau, que vous le vouliez ou non.

— Les stupéfiants, intervient Anna qui semble soudain sortir d'un long sommeil. Pourquoi le procureur a-t-il parlé de stupéfiants ?

Son esprit confus ignore dans quelle direction se projeter, la fureur ou l'effroi, la foi ou l'effondrement.

— Vous devriez en discuter avec Léo, suggère maître Hamadi. C'est un élément qui ressort du dossier, je n'ai pas d'appréciation à vous donner là-dessus. En tout état de cause, ce n'est pas ce qui a conduit à la décision du juge.

— Il faut faire appel, coupe Hugues, maintenant.

— Ce ne serait pas judicieux, monsieur Gauthier, et je l'expliquerai à Léo. Je vais plutôt commencer à rassembler des éléments en faveur d'une demande de mise en liberté. De votre côté, vous devez lancer la procédure pour les visites et vous organiser pour anticiper ses besoins en détention. C'est un peu fastidieux, il y a beaucoup à faire. Vous voulez bien noter ou enregistrer ce que je vais vous dire ?

Sa voix ne varie presque jamais. Cela pourrait rassurer Anna, mais cela l'angoisse au contraire. Elle ne peut s'empêcher de penser que Léo n'est pour elle qu'un dossier parmi d'autres. Cette femme prendrait-elle soin de la même façon de son fils, son frère, son père ?

L'avocate égrène à présent la litanie des tâches qui vont les occuper dans les prochaines heures : envoyer les formulaires et les papiers nécessaires pour obtenir un permis de visite – et s'attendre à un délai de deux semaines avant d'espérer accéder à un premier parloir. Se rendre à la maison d'arrêt pour déposer du linge dans un sac plastique, avec poignées mais sans couture, qui ne soit pas opaque et sur lequel seront inscrits le numéro d'écrou et le nom de Léo. Y scotcher la liste des objets déposés, n'ajouter aucun vêtement à capuche ou à col montant, ni rien de rembourré ou d'épais, ni d'espadrilles à semelles de corde, ôter tout élément métallique, penser à mettre une serviette de toilette, 120 cm maximum, des claquettes pour la douche, un peignoir, veiller à éliminer le cuir, le similicuir, le kaki, l'imprimé camouflage et surtout la couleur bleue, car le bleu est réservé aux surveillants (Anna pense au sac de sport qu'elle a laissé la veille, un sac en toile et à coutures, elle pense au jean, au caleçon et au polo, tous bleus, le bleu défendu, qu'elle est bête, pourquoi n'a-t-elle pas vérifié, et les gendarmes, pourquoi l'ont-ils laissée faire, ça a dû bien les amuser de la voir porter son sac inutile, son sac idiot qu'ils ont sûrement jeté ensuite au fond d'un placard). Prévoir de récupérer le linge sale dès que les visites seront autorisées, sans quoi Léo devra le laver lui-même, en cellule ou dans les sanitaires. Expédier un mandat ou procéder à un virement – compter

200 à 300 euros par mois pour que Léo puisse cantiner, financer son crédit téléphonique et améliorer les conditions de sa détention. Léo aura un compte nominatif avec lequel il réglera tout, car tout se paie là-bas, le savon, le papier hygiénique, la télévision, le papier et le stylo, le réfrigérateur, la bouilloire, la plaque électrique, la console de jeu, les aliments pour compenser la monotonie (un euphémisme) des repas, les pâtes, les biscottes, le chocolat, tout cela, il l'achètera sur le catalogue de l'établissement. Écrire des lettres, envoyer des photographies ou des dessins, des timbres pour que Léo puisse répondre, mais attention, les lettres ne devront pas ressembler à des colis, ni dépasser le format A3, elles ne devront pas être codées ou apparaître comme pouvant l'être, la précision peut sembler superflue mais madame, monsieur, un langage familier, de simples surnoms peuvent prêter à confusion, il faudra également surveiller vos propos, car toute correspondance est ouverte au départ et à l'arrivée, susceptible d'être lue, interprétée, photocopiée, versée au dossier, d'ailleurs, préparez-vous à un délai d'acheminement variable et parfois très long, car le courrier transite par le juge d'instruction.

Elle s'interrompt, vérifiant mentalement qu'elle n'a rien oublié d'important.

— Je verrai Léo dès demain. Si vous avez des questions d'ici là, adressez-moi un courriel. Bon courage à vous deux.

Elle leur serre la main. Elle a si souvent vu ce regard désemparé. Ce moment précis où les proches, les familles prennent conscience du point de bascule, ce moment où ils commencent à glisser, avalés par un monde inconnu. Cette seconde où ils comprennent qu'eux aussi entrent en détention, d'une certaine manière. Qu'ils ne pourront plus choisir mais devront obéir. Qu'ils n'auront plus la moindre marge de manœuvre mais dépendront d'une organisation obscure, du bon vouloir d'inconnus – quelle qu'ait pu être leur position sociale jusqu'ici. Qu'ils ne pourront rien épargner à ceux qu'ils aiment, ni violence ni souffrance – ou si peu. Qu'ils ne pourront plus les toucher ni les entendre – ou si peu.

Cela, l'avocate ne s'y est jamais habituée. Elle hésite à poser sa main sur le bras d'Anna, elle aimerait la tirer par la manche, la sortir de cet état de sidération, l'écarter de cette vague qui l'emporte, de ce déferlement auquel une mère ou un père n'est jamais préparé et qui noiera bientôt toutes leurs certitudes.

Mais déjà, Anna marche vers la sortie sans même vérifier qu'Hugues la suit. Tout ce qu'elle a repoussé jusqu'ici s'impose à elle. Des sons et des images issus de souvenirs flous, de journaux, de documents, de séries télévisées, de films, des portes de cellules grises, du métal, du béton, des corps tailladés, des bêtes sauvages. La loi du plus fort, les cris, la brutalité, le viol. La voilà, l'épouvante : on a conduit son fils chez les loups, son fils à la peau tendre, son fils sans défense, bientôt griffé, mordu, déchiqueté.

Hugues a autre chose en tête. Il ne pense qu'à l'avenir. À la possibilité que Léo soit condamné, puisque deux juges et un procureur ont déjà estimé qu'il était justifié de l'envoyer derrière les barreaux. Léo part en prison et il n'est pas impossible qu'il y reste, aussi absurde cela soit-il. Si c'est le cas, y aura-t-il une inscription au casier ? Sa détention provisoire figurera-t-elle dans de quelconques fichiers ? Il peste, il aurait dû interroger l'avocate ! Puis il se souvient que les déboires de son fils, même s'ils sont effacés des dossiers judiciaires, resteront visibles sur internet. Il ouvre son téléphone pour prendre note : étudier la possibilité de blanchir sa réputation. Il n'a pas terminé de taper sa phrase que des notifications pleuvent sur son écran. Le maire réclame des nouvelles. L'ex-collègue du journal aussi. Des collègues de ce collègue. Son père, sa mère. Géraud. Des collaborateurs municipaux, des partenaires, des fournisseurs, qui ne l'ont parfois croisé que deux ou trois fois mais possèdent son numéro. Cela le rend fou. Que tous ces gens se repaissent de leur histoire. Parce que c'est leur histoire aussi, ce n'est plus seulement Léo qui est en jeu – ce héros des barricades, puisque c'est peu ou prou ce qu'ils veulent croire. Ces vautours ont faim de sensationnel et de vengeance. À certains, les envieux, il doit plaire d'imaginer le ver dans le fruit. Leur famille heureuse et tranquille les irritait, attisait leur frustration. Ils sont rassérénés de constater que personne n'est à l'abri des ennuis, que la roue tourne, que les privilégiés chutent. À d'autres, cela procure une adrénaline bienvenue dans leurs vies rangées, ils se projettent, cela pourrait leur arriver après tout, et puis ils se rassurent, voyons, pas chez eux, leurs enfants ne fréquentent pas les manifestations, leurs enfants ne frapperaient pas des policiers.

Sa mère, tout de même, propose son aide. Mais que pourrait-elle bien apporter, excepté une intimité obsédante et critique ? Il préfère la savoir à 800 kilomètres plutôt que cohabiter avec elle dans cette maison dont elle ne manque jamais de faire le tour minutieux lors de ses visites, rappelant qu'elle en est la propriétaire, soulignant qu'un carrelage doit être réparé ou qu'un arbre manque d'eau. Détaillant sa mine, son poids, se renseignant sur son sommeil, son alimentation, son couple. Elle se comporte avec lui comme s'il avait huit ans, ou quatorze, c'est selon. Il aimerait parfois la secouer, la placer face à ses contradictions, la contraindre à mesurer le mal qu'elle lui a fait en l'aimant ainsi. En l'élevant dans un écrin de soie, en éradiquant toute forme de corvée, de risque ou de bataille, en lui procurant absolument tout sans la moindre contrepartie. Il n'a jamais connu l'effort, l'attente, le besoin ou l'adversité. Il a vogué sur son enfance et son adolescence comme la coque du voilier de luxe glisse paisiblement sur le lagon. Résultat : il ne possède aucune défense et il a peur de tout, de la contradiction, du conflit, de la douleur, de la difficulté, de l'inconnu. Il a compensé en parlant et en riant plus fort que les autres. Il a exploité son talent naturel de bonimenteur et son physique avantageux pour se bâtir une stature de carton-pâte, et cela a fait l'affaire. Mais lorsque sa mère lui a reproché, plus tard, de manquer de poigne avec son petit-fils, il a bien failli exploser. Comment enseignerait-il une langue qu'il n'a jamais apprise ? Il s'est contenu, à cause des circonstances atténuantes : les Gauthier avaient perdu leur premier enfant, une fillette de huit mois, d'une méningite à pneumocoque. Hugues avait appris son existence le jour de ses sept ans, c'était l'âge de raison, on l'avait donc assis sur le canapé avec un verre de jus de pomme et cela s'était réglé en dix minutes, le temps de quelques explications médicales. Il avait toujours cru que c'était lui qui figurait sur les photos posées sur leurs tables de chevet, en barboteuse bleu pâle. Il s'était senti coupable de ne pas être malheureux, de ne pas pleurer, mais il avait eu beau faire des efforts sincères, il n'était jamais parvenu (ni ce jour-là, ni par la suite) à créer un quelconque lien avec cette sœur disparue bien avant sa naissance. Il en a gardé une détestation pour le jus de pomme, les anniversaires et les secrets – au moins a-t-il compris pourquoi sa mère le traitait avec tant d'irrationnelles précautions, pourquoi elle avait renoncé à son métier d'agent immobilier et s'était dévouée tout entière à son fils. Il s'est promis d'offrir un autre schéma à ses futurs enfants, la possibilité d'un équilibre. Il a choisi une femme attachée à son indépendance, déterminée à cultiver sa propre route, avec laquelle il se sentait en sécurité sans être oppressé, qui serait une mère sans cesser d'être elle-même. Anna a comblé toutes ses espérances. Elle a pris leur destin en main, patiente, confiante, tenace. Elle l'a accepté tel qu'il était, un jeune homme gâté mais vulnérable, elle a mené les combats, géré les obstacles, négocié les désaccords pour deux. Elle a ménagé sa susceptibilité et balayé ses propres agacements pour empêcher que des détails sans importance ne fissurent leur belle architecture. Il en est conscient et en retour, a toujours su se montrer généreux et coopératif. Au fond, chacun des deux a rempli sa part du marché, il lui a ouvert un monde nouveau où régnaient la gaieté, le plaisir, et le confort et elle en a pris les commandes avec brio.

Sa femme est le seul compagnon de route dont il ait besoin : c'est à cela que songe Hugues en lisant le message de sa mère.

Il range son téléphone – Anna saura gérer cette avalanche de sollicitations. Il accélère le pas, elle est déjà devant leur voiture, courbée.

Elle vomit, évitant de justesse ses chaussures.

De nouveau, donc, face à la commode. L'odeur de Léo flotte dans la pièce. Anna n'a pas ouvert la fenêtre depuis son départ, elle veut conserver cette trace vivante de son fils.

Sortir les vêtements, trier, ôter les couleurs, les matières interdites.

Elle compte les heures, depuis quand n'a-t-elle pas touché son enfant ? Se souvient qu'elle ne le touche plus, en fait, depuis longtemps ; d'où vient alors cette sensation têtue d'un manque physique ? Elle se reprend : il faut lui porter ces affaires au plus vite, non seulement pour qu'il puisse se changer, mais surtout pour qu'il sache qu'elle est là, tout près, qu'elle ne l'abandonne pas, qu'elle va le sortir de ce mauvais rêve.

Elle cherche en vain un sac en plastique sans couture dans le garage, le cellier, la buanderie. Au Village, on se fait fort de respecter la nature et les commerçants n'en distribuent plus depuis des lustres. Elle se rend au supermarché, achète un cabas de caisse grand format, y range le linge qu'elle a déposé dans le coffre de la voiture, puis entre les coordonnées de la maison d'arrêt dans son GPS. Ses mains tremblent sur le volant, elle transpire, son cerveau bégaie. La première partie de l'itinéraire, qui compte une quarantaine de kilomètres, emprunte des chemins familiers. Combien de fois a-t-elle aperçu, sans lui prêter la moindre attention, ce panneau indiquant la prison ? Elle oblique, s'éloigne du Village, le perd bientôt de vue. La route serpente au milieu des vignes dans un paysage effrayant de beauté. Ce ciel bleu vif, ces collines douces, floutées par la chaleur, ce n'est pas l'idée que l'on se fait de la porte des Enfers, songe-t-elle, mais voilà que la terre s'aplatit, s'appauvrit, et que surgissent quelques baraques vétustes, signifiant qu'elle vient de franchir une frontière, qu'elle pénètre un autre territoire, aride et hostile. Voilà que s'élève peu à peu, bordée d'un mur d'enceinte et d'un grillage épais, une ombre grise et immense de laquelle se détachent d'arrogants miradors et à l'arrière, une construction écrasante à l'allure d'un vaisseau de guerre.

Elle se gare, marche deux ou trois cents mètres, slalomant seule entre les véhicules endormis sur le vaste parking – elle apprendra qu'à cette heure tardive, les parloirs et les activités sont terminés et les visiteurs rares. Tout est une lutte pour elle, chaque geste, chaque intention, comme si elle devait s'extraire de la glu d'une illusion. Un brouhaha lui parvient, percé de sifflements, de cris puissants, elle est surprise par ce bruit qui enfle, puis elle l'identifie, ce sont les loups qui hurlent évidemment, et plus elle progresse, plus son oreille distingue les insultes, pute, chérie, viens, baiser, niquer, salope, pute, pute, pute, elle ne voit rien pourtant, seulement des bâtiments sombres troués de fenêtres à barreaux, quelques serviettes qui sèchent, une vague silhouette, un torse, sans certitude. Ses muscles se contractent, c'est une crampe qui lui harponne le pied, la tétanise, alors elle lui parle, oui, elle s'adresse à son pied, elle lui dit : putain, c'est vraiment pas le moment.

Jouxtant la porte d'accès, dissimulée dans le béton, se découpe un rectangle vitré, opaque, de sorte que l'on ne peut savoir qui vous observe et vous jauge depuis l'intérieur. Anna appuie sur la sonnette. Aussitôt, une voix méfiante et distordue par l'écho l'interroge. *Ils* l'ont vue approcher. *Ils* l'ont guettée, *ils* attendent qu'elle fournisse une raison valable de se présenter. Elle glisse sa carte d'identité sous le plexiglas et articule ces mots irréels : « Mon fils a été incarcéré aujourd'hui, j'apporte du linge. »

— Pour le quartier des arrivants ! lance son interlocuteur invisible.

Le mécanisme se déclenche, le ventail grince et s'écarte. Anna s'avance de quelques pas, étudiant avec précaution l'environnement. À droite, la pièce se prolonge par un réduit étroit dont les parois sont couvertes de casiers. Face à elle, deux tapis roulants et des portiques de détection sont contrôlés par deux hommes, comme à l'aéroport, et une expression lui revient, qui lui semble soudain insupportable, *passer ses vacances à l'ombre.* À gauche, près de l'accès au poste de garde, une porte métallique s'est ouverte sur un surveillant venu chercher le sac. Anna sent son regard invasif qui la détaille, circule sur sa poitrine, glisse sur ses hanches, ses fesses, ses jambes, elle est gênée, mais comme la veille à la gendarmerie, elle tient à ce que cet homme la trouve sympathique, qu'il ait de sa famille une impression favorable, qui sait, cela pourrait aider Léo (et à l'inverse, s'il la jugeait hautaine, désagréable, cela pourrait lui nuire), alors elle se tait, baisse les yeux, le suit au bout du couloir dans une petite salle connexe. L'homme étale les vêtements sur une table, les retourne, les palpe, coche des cases avec nonchalance sur une fiche. Elle se lance.

— Vous l'avez vu ? Vous avez vu mon fils ? Léo Gauthier, demande-t-elle. Il va bien ?

— C'est bon pour le linge, répond le surveillant. Au revoir, madame.

Anna ressort, elle doit à nouveau s'adresser à la vitre opaque pour reprendre sa carte d'identité et traverser le terre-plein couvert d'herbe jaunie qui mène à l'aire de stationnement.

Cette fois au moins, elle est préparée aux injures. Elle ne les repousse plus comme elle l'a fait tout à l'heure. Elle les accueille et les laisse rebondir dans sa cage thoracique. Confusément, elle retrouve une langue qu'elle a déjà maniée.

C'est le troisième jour de leur nouvelle vie.

Anna et Hugues prennent leur café en silence. Tout a déjà été dit. À présent il faut vous montrer patients, a conseillé maître Hamadi, remplir vos engagements, vos obligations, ne pas mettre en péril ce qui tient debout, demeurer optimistes.

Mais cette distance, cette absence de corps, de mots, d'information, ce vide en somme, c'est une gangrène qui les grignote une seconde après l'autre. Où est Léo. Que fait-il. Que pense-t-il. Que subit-il. Qu'espère-t-il.

L'avocate le verra tout à l'heure.

Eux, sans doute pas avant dix ou quinze jours, le temps de recevoir leur permis.

En revanche, les a-t-elle prévenus, ils seront sollicités par les enquêteurs, comme d'ailleurs l'entourage de leur fils. Ils doivent réfléchir à ce qui pourrait prouver sa bonne foi, constituer une liste de personnes qui témoigneront en sa faveur – des enseignants, par exemple, seraient utiles.

Anna ressasse. Des enseignants ? C'est l'année du bac. Qu'adviendra-t-il s'il ne sort pas très vite ? Une année de foutue ? Elle était si heureuse lorsqu'ils ont appris que sa candidature était acceptée par cette école supérieure reconnue. Le polaroïd d'eux trois, trinquant au champagne, trône encore dans le salon au-dessus de la cheminée.

Elle veut croire qu'il existe une bretelle de sortie, que la facture au péage sera modérée.

Sur la terrasse, une légère brume enveloppe le jardin. La mer au loin semble avoir été effacée d'un coup de gomme.

— J'ai une idée, lance Hugues.

Ils pourraient inviter Géraud et Alix à dîner. Il leur demandera de venir accompagnés de Tim, il y a sûrement beaucoup à apprendre de lui – sans compter qu'il serait judicieux de s'accorder sur certains points avant qu'il soit auditionné par la police. Anna est d'accord. Pour Tim, surtout. Les mots du procureur, à propos de l'alcool et des stupéfiants, la hantent – quoi qu'elle demeure persuadée qu'il y a là, sinon du mensonge, du moins de l'exagération.

Pour l'heure, elle doit se ressaisir. Se recomposer. Elle se maquille et se coiffe avec soin. Elle a un don inouï pour cela : deux ou trois minutes lui suffisent pour qu'on ne perçoive rien de ses nuits tourmentées. Elle choisit des talons hauts qu'elle porte rarement – quelques centimètres supplémentaires ne seront pas superflus pour affronter le monde extérieur. Elle est prête.

À la pharmacie, Coline arbore une moue à la fois gourmande et compatissante. Anna l'avertit d'emblée : elles ne sont pas là pour bavarder. Elle apprécie son employée pour ses compétences, la jeune femme est vive et connaît bien ses rayons, mais elle s'en méfie et n'a aucune intention de lui faire des confidences. Depuis des semaines, Coline laisse filtrer sa frustration. Elle se sent à l'étroit dans son poste de préparatrice. Elle a cru trouver le job idéal lorsqu'elle a atterri ici, au Village – peu de travail dans un décor d'une beauté cinématographique – mais il s'est révélé un poison lent, réactivé chaque fois qu'elle regagne son minuscule appartement, à trente minutes de route, et qu'elle mesure l'écart vertigineux entre sa vie morne, occupée à compter ce qu'elle pourra s'offrir à la fin du mois (un vêtement, une manucure, une sortie en boîte de nuit mais la plupart du temps, elle ne s'offre rien car il y a toujours une facture imprévue à régler, une panne de voiture, une visite chez le dentiste ou un coup de main à donner à sa mère qui vivote depuis son divorce) et celle des personnes qu'elle sert. Elle est exaspérée par ces gens qui lui tendent furtivement des protections contre les fuites urinaires ou une crème anticellulite mais réclament sa patronne, quitte à laisser passer trois personnes, plutôt que lui demander du paracétamol et un sirop pour la toux. Elle aspire à leur respect, à prendre un peu de lumière. Anna devine qu'elle a dû profiter de son absence pour exploiter sa position, partager son avis sur la place du Village, laisser entendre qu'elle en sait long sur Léo.

Que l'histoire de son fils agite la communauté, que chacun émette des hypothèses et des jugements obsède Anna. Le fils de la pharmacienne incarcéré, c'est du pain béni dans ce lieu sclérosé par la routine. Cette intrusion dans sa sphère intime réveille en elle une émotion indéfinissable, mêlée d'agressivité et de culpabilité. Lorsque les premiers clients se présentent, avec à la bouche, le prénom de son fils, elle les censure en souriant : tout va bien, je vous remercie, ce sera tout, madame Untel ?

Elle ne flanche pas. Elle répète cinquante fois la même phrase, avec la même expression de cordiale fermeté, si bien qu'aucun de ses visiteurs n'ose relancer la conversation. Son corps est tendu au point qu'il lui semble être en pierre, mais elle est seule à le percevoir.

À 19 heures, soulagée de pouvoir enfin quitter les lieux, elle passe chez le traiteur en prévision du dîner – elle n'a pas l'énergie de cuisiner, même des pâtes. À 19 h 30, alors qu'elle grimpe dans sa voiture, encombrée des victuailles qu'elle vient d'acheter, Hugues l'appelle et annonce qu'Alix et Géraud ont décliné l'invitation. Ils sont débordés, entre un séminaire pour une marque de cosmétiques de luxe et un autre pour un réseau d'assureurs, organisés à l'hôtel, et Tim est plongé dans ses révisions. Ils sont sincèrement navrés, a écrit Géraud dans un texto, mais ils promettent qu'ils se verront bientôt.

Anna n'en croit pas ses oreilles. Elle téléphone à Alix, tombe sur sa messagerie, insiste, elle doit les voir absolument, elle doit parler à Tim, c'est très important, elle se rendra disponible à tout moment si le soir n'est pas une option.

Une heure plus tard, elle reçoit un SMS.

« Vraiment pas possible. Tim est très perturbé par cette histoire, il doit se concentrer sur sa préparation du bac. Désolée ma belle, je reste près de toi par le cœur. »

Le collège d'Anna Lacourt est situé à cinq kilomètres de chez elle. Elle s'y rend en autobus. Le matin, c'est une femme qui conduit, l'air renfrogné, elle ne parle jamais aux passagers, accorde tout juste un signe de tête lorsqu'ils compostent leurs billets. L'après-midi, c'est un homme au volant. Cet homme-là est la personne la plus gentille qu'Anna ait jamais connue. Il la surnomme Couette, à cause de sa coiffure qu'elle déteste mais à laquelle sa mère tient beaucoup.

Anna attend toujours que la voie soit libre pour monter, après que les autres élèves se sont rués à l'arrière du véhicule.

C'est là que le chauffeur lui demande de ses nouvelles, à elle seule : Salut Couette ! Comment va la vie Couette ? Alors, cette journée d'école ?

Il semble se ficher qu'elle ne réponde pas. Souvent, il lui lance un clin d'œil. Sur sa chemise est épinglé un badge : D. Peirera.

Presque toute l'année de sixième, D. Peirera éclaire les journées d'Anna Lacourt.

« Bonjour Couette ! » « Alors Couette, on s'est levée du mauvais pied ? » « Couette, il y a du soleil aujourd'hui ! » « C'est ma petite Couette qui a failli rater son bus ! »

Son sourire fait fondre en une seconde tout ce qui l'a glacée depuis le réveil.

Vers la fin du mois d'avril, Anna s'apprête à grimper dans le bus, croyant être la dernière. On lui tape dans le dos. C'est le Serpent et ses amis, une dizaine de garçons.

— Hé, pisseuse ! C'est bien toi ? Comme on se retrouve ! Elle a pissé dans sa culotte ! Pisseuse, pisseuse, pisseuse !

Anna baisse les yeux.

— Faut vérifier les sièges, glapit le plus petit de la bande. J'ai pas envie de m'asseoir si elle a pissé dessus.

— On se calme, les gamins, fait D. Peirera.

— Ta gueule, réplique le Serpent. T'as qu'à pas prendre des pisseuses dans ton bus, c'est dégueulasse.

Et il donne un coup de pied dans la tôle.

D. Peirera soupire. Ces petits cons.

Devant lui, Anna vient de traverser la rue en se bouchant les oreilles.

Enfoncés dans leurs sièges, les autres enfants ont le nez plongé dans leurs cartables.

En vérité, ils ont tous peur.

D. Peirera ferme les portes et démarre.

Les garçons s'éparpillent comme une volée de pigeons, avec des doigts d'honneur destinés au chauffeur.

À compter de ce jour, Anna Lacourt rentre à pied du collège.

Anna franchit ces deux semaines d'attente en apnée. Elle est tenaillée par la peur, une peur profonde, absolue, dont les racines ont envahi chaque millimètre carré de son corps. Une brume noire grandit autour d'elle, en elle, impossible à évacuer. Elle continue de sourire à la pharmacie : « Tout va bien, je vous remercie. » Elle fuit la compagnie de son mari : Hugues éprouve le besoin de parler sans cesse. Les mêmes phrases, parfois reformulées, à propos d'injustice, d'aberration, de jeunesse. Anna préfère le silence. Elle craint que leur relation s'envenime. Ils s'en veulent un peu, l'un et l'autre et l'un à l'autre. Ils se reprochent d'échouer à tirer leur fils de ce mauvais pas. Hugues devient plus critique, moins patient, cherche des prétextes à l'affrontement pour soulager sa tension : elle a choisi des fruits trop mûrs, oublié de régler le plombier, égaré un trousseau de clés. Anna n'y prête aucune attention, elle est ailleurs. Chaque soir, ils regardent le journal de 20 heures, eux qui n'allumaient jamais leur téléviseur. Ils espèrent un changement qui ne se produit pas : les manifestations se poursuivent, s'amplifient, les heurts avec la police se multiplient. Parfois, ils aperçoivent le prénom de leur fils écrit sur une pancarte en carton et leurs deux cœurs bondissent.

Ils rassemblent des lettres fournies par l'ancienne baby-sitter, par une responsable du club de tennis, par le père d'un correspondant anglais, par le directeur du lycée. Anna relit un par un les bulletins scolaires de Léo. À l'école primaire puis au collège, malgré un travail de bonne qualité, le garçon a souvent fait l'objet d'observations liées à son manque de concentration. Il est noté plusieurs fois en appréciation générale : doit canaliser son énergie. Léo était un enfant joyeux, débordant de vitalité, toujours griffé d'une écorchure au genou à force de grimper aux arbres et de se lancer dans des figures de gymnastique hasardeuses. Il était curieux et pouvait suivre le vol d'un insecte, la trajectoire d'un nuage, la trace d'un chat ou d'un mulot, oubliant le reste du monde. Le judo lui a fait du bien. Il a appris à se dominer, songe Anna, qui a assisté régulièrement aux entraînements et aux compétitions. Léo a obtenu sa ceinture marron alors qu'il était en classe de troisième – à son âge, peu d'adolescents atteignaient son niveau. S'il n'avait pas arrêté en seconde (le gymnase où il pratiquait était loin du lycée, son emploi du temps devenait ingérable, il fallait choisir entre la raquette et le tatami et ses parents n'envisageaient pas qu'il quitte le club de tennis), il aurait déjà sa ceinture noire. Physiquement, il était dans la norme, ni plus grand ni plus lourd que la plupart des garçons de son âge, mais il était agile et savait anticiper les mouvements de l'adversaire. Anna le revoit énumérer avec fierté les huit valeurs fondatrices. Elle se souvient du respect, de la modestie, du contrôle de soi, du courage, de l'honneur. Elle a soudain la conviction de détenir une preuve irréfutable et en fait part à maître Hamadi : le professeur de judo attestera que Léo ne correspond en rien au portrait dressé par le procureur. Mais l'avocate la douche : elle s'inquiète au contraire d'un possible effet pervers. On pourrait tordre l'histoire, y lire la démonstration que Léo a renié ces fameuses valeurs en grandissant, en changeant d'établissement et de fréquentations. On pourrait croire qu'il y a deux Léo, et que sa mère n'en connaît qu'un.

Maître Hamadi a vu son client. Le jeune homme est en forme, il reste confiant, prend les choses avec maturité, affirme-t-elle. Hugues et Anna en doutent – surtout Anna qui, pour le lui avoir enseigné, devine la capacité de son fils à faire bonne figure. Léo a quitté le quartier des arrivants et partage une cellule avec un seul détenu, d'une trentaine d'années, ce qui n'est pas si mal, note l'avocate : avec l'agitation qui règne dans le pays, les maisons d'arrêt ne désemplissent pas, il faut pousser les murs. Et puis, ajoute-t-elle, c'est un triste constat, mais avoir blessé un flic a ses avantages. Léo est plutôt bien accueilli par les autres détenus. Il devra être assez fin pour tirer profit de cette petite notoriété tout en rassurant l'administration et conserver un comportement exemplaire. Elle utilise l'expression : *Léo est sur une ligne de crête.*

Cette phrase touche Anna plus que toutes les autres. Elle sait combien cette ligne de crête est exigeante et instable. Elle la pratique depuis si longtemps. Elle en a connu l'acmé lors de sa rencontre avec Hugues, lorsque le jeune homme a poussé la porte de la pharmacie où elle effectuait son stage de fin d'études. Sa mine creusée, ses paupières paresseuses, l'effluve d'alcool qui le précédait, tout indiquait qu'il avait traversé une nuit agitée. Il souffrait d'une migraine atroce et s'était adressé à Anna en quête d'un remède miraculeux.

« Il faut boire, beaucoup », avait-elle répondu en souriant.

Et aussitôt ses yeux noirs frangés, ses joues rondes et roses qui lui donnaient l'allure déconcertante d'une poupée adulte, sa voix légèrement rauque, mais pardessus tout la façon dont elle s'était penchée vers lui, comme si elle s'apprêtait à l'envelopper de ses bras, l'avaient électrisé. À vrai dire, Anna ressentait la même émotion. À l'air insouciant d'Hugues, à son jean bien coupé et son polo siglé, elle avait reconnu l'un des enfants chéris du Village. Elle avait été frappée par la clarté de son regard et cette étincelle amusée, charmante, qui animait le jeune homme malgré sa fatigue. Il était le contraire des blancs-becs qu'elle voyait d'ordinaire et qui affichaient leur soif de domination, attablés aux terrasses de café ou adossés à leurs voitures de sport. Son instinct lui avait murmuré : le voici, Anna, celui que tu attends. Elle se préparait à cet instant depuis son entrée à l'université. Elle avait repéré, assises aux premiers rangs des amphis ou penchées sur les tables carrelées des laboratoires de chimie, les filles de bonne famille. Elle les avait observées durant presque six ans : leurs manières de se tenir et de marcher, de se vêtir, de parler et de rire, de tomber amoureuses, de se trahir, de s'embrasser, de se quereller avec détachement. Elle avait pris un job de serveuse deux soirs par semaine dans un restaurant à la mode (dans une ville voisine, pour éviter d'y croiser des connaissances), parce que sa bourse d'études ne suffisait pas à couvrir ses frais mais avant tout parce que c'était un moyen de s'immerger, de capter l'essence de ce milieu, de maîtriser sa langue. Elle en avait appris le lexique, la grammaire, la conjugaison. Elle s'était parfois découragée, il lui semblait alors que les bien nés avaient cela dans le sang, cette posture, cette assurance, cette fluidité dans le geste comme dans la parole, et qu'elle-même ne serait jamais qu'une pâle imitatrice, qu'elle porterait toujours, bien visibles, les stigmates de son origine sociale et de la violence de son enfance. Mais à chaque fois, le souvenir de ce qu'elle avait enduré et accompli réveillait sa détermination – elle n'avait pas couru ce marathon pour abandonner aux portes de la victoire. Elle avait réussi : six ans après avoir franchi la ligne de départ, elle maîtrisait son personnage. Quiconque la croisait lui témoignait une considération naturelle. Elle avait trouvé sa place, à bonne distance de la lumière, assez près pour être éclairée, assez loin pour ne pas voler la vedette aux autres filles et se préserver des jalousies. Les étudiantes aux cheveux blonds et aux ongles vernis lui avaient proposé d'intégrer leurs groupes de travail et leurs associations caritatives – Anna était brune, mais elle aussi vernissait ses ongles, du même rouge orangé, une couleur qui disait la confiance, l'audace, la richesse. On l'invitait à des anniversaires, des soirées privées dans des lieux époustouflants de luxe. Elle déclinait en général, soucieuse de maintenir l'illusion, redoutant le faux pas. Elle s'était inventé pour éluder les questions une famille établie aux États-Unis, prétendait être hébergée par une tante acariâtre, mais un jour ou l'autre, cela lui pendait au nez, quelqu'un pousserait trop loin l'interrogatoire ou insisterait pour la raccompagner chez elle. Elle pourrait être démasquée, rejetée, contrainte de recommencer à zéro. Il valait mieux rester discrète jusqu'à trouver une ultime porte de sortie vers le haut, une nouvelle histoire à donner en pâture, qui reléguerait sa vie précédente dans l'oubli.

C'est précisément pour cette raison qu'elle avait choisi la pharmacie du Village. Sur le site de l'université qui rassemblait les propositions de stages, elle seule avait répondu à l'annonce. Pour ses camarades de promotion, qui se fichaient bien de la réputation bourgeoise et sélective du lieu ou de la beauté du décor, s'installer là-bas revenait à s'enterrer vivant. Anna, au contraire, rêvait de cet environnement feutré, à l'abri des regards. Elle y voyait une étape décisive dans l'effacement de ses traces. Elle avait rompu avec sa ville natale après le bac, et alors qu'elle terminait son cursus, on lui offrait l'opportunité de faire à nouveau table rase ! Elle avait rédigé les arguments qu'elle avancerait lors de l'entretien, en avait pesé chaque mot, les avait répétés à voix haute en testant des tonalités différentes. Elle avait réfléchi à chaque détail, la robe qu'elle porterait, l'imprimé du foulard, la hauteur des talons, la couleur – pâle – de son rouge à lèvres. Elle avait fait mouche. Le propriétaire de la pharmacie, un homme proche de la retraite, avait pensé en la contemplant : cette jeune fille est faite pour nous. La vérité, c'est qu'elle s'était faite pour eux. Ce n'était qu'une représentation supplémentaire dans le théâtre de son existence : elle s'appliquait à montrer aux autres ce qu'ils voulaient voir et cela fonctionnait. Il y avait un prix à payer bien sûr, c'était épuisant de se surveiller, de chercher constamment dans l'œil d'autrui la validation de ses efforts, épuisant de surmonter la crainte lancinante d'être rattrapée par le passé, mais à force de pratique, c'était devenu un état naturel, cette hypervigilance, une *ligne de crête* qu'elle suivait avec la certitude de servir un enjeu vital.

Hugues, donc, avait poussé cette porte et Anna avait su. Ce n'était pas un calcul – ou si c'en était un, c'était le fruit sauvage de son inconscient. C'était une évidence : cet homme l'aiderait à achever sa mue. Il serait son compagnon de route et sa planche de salut, elle lui donnerait sans retenue ce dont il aurait besoin, et à deux, tout deviendrait possible.

Ils se sont menti dès la première seconde – déjà épris l'un de l'autre, ils entamaient leur stratégie de conquête. Hugues s'est plaint d'avoir travaillé jusqu'à l'aube sur une installation artistique et Anna a fait semblant de le croire. Il l'a emmenée dîner en omettant de préciser que la carte de son père réglait l'addition, et durant la conversation, elle a dépeint l'exigu magasin familial comme une épicerie fine. Elle a ajouté qu'elle était brouillée avec ses parents, ce qui lui a permis de gagner un temps précieux jusqu'à s'assurer de l'amour inconditionnel d'Hugues. Elle lui a avoué, des mois plus tard, une partie de la vérité : les Lacourt étaient des gens simples (il était inimaginable pour Anna de prononcer le mot « pauvres »), peu visionnaires, dont le commerce courait à la faillite. Elle se souvient encore aujourd'hui de l'agitation qui l'a envahie à la seconde où elle s'est livrée, de cet émoi du joueur qui mise tout sur un coup de dés. Elle avait choisi Hugues, elle l'aimait et s'apprêtait à bâtir avec lui l'avenir dont elle avait échafaudé le plan avec tant de ténacité. Pour lui et les enfants qu'ils auraient ensemble un jour, elle devait faire cette concession. Il n'a pas semblé troublé outre mesure par la révélation. Il lui a promis qu'il ne jugerait personne – il aurait promis n'importe quoi pour l'attacher à lui. Elle a acheté des billets de train, réservé un hôtel chic et convié ses parents à les rejoindre au restaurant. Ils étaient impressionnés, mal à l'aise, ils avaient peu parlé. Lorsque Hugues les avait interrogés sur l'enfance d'Anna, la jeune femme les avait laissés répondre, puisqu'après tout, ils ne savaient pas grand-chose. Finalement, la conversation avait surtout tourné autour du menu.

Le soir venu, elle avait éprouvé un indescriptible soulagement. Elle savait que d'autres croisements délicats surviendraient, mais elle venait de franchir – du moins le croyait-elle – la partie la plus ardue du parcours. Après cela, elle s'était arrangée pour limiter les contacts, exploitant l'éloignement géographique et les années passant, elle s'était sentie de plus en plus en sécurité. Pourtant, à intervalles réguliers, la question revenait la hanter : Hugues l'aurait-il aimée, l'aimerait-il encore, s'il savait tout d'elle ?

Et le doute formait en elle de microscopiques fissures qui s'étendaient sans bruit, se nourrissant d'elles-mêmes.

Enfin, le courrier tant attendu arrive. Anna le trouve dans la boîte un midi, alors qu'elle est rentrée déjeuner. Dans la précipitation, elle déchire les enveloppes, déplie les documents, respire : leurs deux permis sont accordés. À présent, elle sait ce qu'elle doit faire, elle a tout préparé, vérifié avec soin les procédures les jours précédents. Elle compose le numéro de la maison d'arrêt pour fixer le premier rendez-vous, c'est un message d'attente qui n'en finit pas, enregistré en anglais, en chinois, en russe, en italien, en arabe, en espagnol, en portugais, elle n'est pas certaine d'identifier toutes les langues mais ce qu'elle comprend, c'est qu'elle pénètre un univers radicalement opposé au sien, pluriel, déroutant, étranger, au sein duquel elle devra tout apprendre, à commencer par la persévérance : après vingt-cinq minutes sans résultat, elle raccroche. Elle renouvelle l'opération, deux fois, trois fois, dix fois. Elle obtient pour finir un créneau le mardi suivant, qu'elle réserve sans se préoccuper de ses engagements ni de ceux de son mari. Ils se sont entendus sur ce point, ils tiennent à voir leur fils au plus vite. Ils savent qu'ils devront s'absenter de la pharmacie et du bureau une demi-journée. La visite en elle-même ne dure qu'une cinquantaine de minutes mais il est requis de se présenter une heure à l'avance, à quoi s'ajoute le temps du trajet aller et retour. N'étant pas encore condamné, Léo bénéficie de trois parloirs par semaine. Anna a réfléchi, tourné le sujet dans tous les sens, elle n'a pas d'autre solution que de trouver un remplaçant. Elle compte exploiter chaque possibilité, contrairement à Hugues. Il a des responsabilités, a-t-il plaidé, des chantiers en cours, il ne peut commettre la moindre erreur ni voir son professionnalisme remis en cause. Après le parloir initial, il se contentera de voir Léo les samedis.

— Toi, assène-t-il, tu fais ce que tu veux, tu es libre, tu es la patronne. Moi, j'ai des contraintes.

Libre. Elle ne relève pas la faiblesse de l'argumentation. Elle sait ce qui motive son attitude. Il y a d'abord sa hantise viscérale de voir la situation dégénérer. Le murmure des *gens*, cette masse floue et inquiétante, continue d'enfler à son passage. Il semble qu'il ait perdu son statut de fringant directeur des affaires culturelles, de convive préféré pour n'être plus que le père d'un délinquant – dont on se tient à distance raisonnable par instinct, comme si la tache qui le macule pouvait salir son entourage. Le souvenir de son licenciement refait surface, le taraude, il se sent en danger, vulnérable. Mais plus encore, il redoute le tête-à-tête avec son fils. Hugues aime Léo et le lui a souvent montré, à sa façon, par l'humour et le jeu. Il l'a initié au foot, au basket, au tennis, il l'a emmené sur des circuits automobiles, sur les pistes de ski et sur les hors-bords de ses amis. Ils ont vécu ensemble l'ivresse du sport, celle du dépassement et de la vitesse. Ils ont communié dans l'euphorie des défis remportés mais ils ne se sont jamais confiés l'un à l'autre, par pudeur ou par crainte de ne pas trouver les mots justes. Que pourra-t-il partager aujourd'hui, en dehors de son impuissance à le sauver ?

Les voici au pied du mur, au sens propre et figuré à la fois. Ils transpirent en sortant de leur voiture. La chaleur n'a pas fléchi depuis un mois, excitant les esprits. Le long de la route, ils ont pu lire des inscriptions hostiles au gouvernement, aux forces de l'ordre ou au capitalisme, taguées sur des panneaux publicitaires ou indicateurs, sur les piliers des ponts ou sur les banderoles qui y sont suspendues. C'est une traînée de poudre que rien ne semble pouvoir étouffer, pense Anna. Avec au bout, son fils assis sur la bombe.

Soudain, elle s'aperçoit qu'elle marche seule.

Hugues est en arrêt face aux barbelés, à l'enceinte bétonnée, aux miradors. Après avoir déposé le linge de Léo, Anna lui a pourtant décrit les lieux mais les mots sont une chose et la réalité en est une autre. Il est désemparé.

— Viens, l'entraîne-t-elle. Il faut passer par l'accueil des familles.

Il se laisse guider sans un mot. Elle le conduit jusqu'à un bâtiment trapu situé à une trentaine de mètres de l'entrée, qu'elle n'a eu aucun mal à repérer : il suffisait de suivre la longue colonne des autres visiteurs. Des femmes, des adolescents et des enfants, essentiellement. Elle s'interroge : où sont les hommes ? Les détenus ont-ils moins de pères, de frères, de cousins que de mères, de sœurs ou de cousines ? Puis elle se souvient des réticences, de la honte de son propre mari. Elle contemple les visages, les silhouettes, se sent si différente. D'une autre espèce, quand bien même une part d'elle, profondément enfouie, reconnaît comme le sien ce peuple de l'ombre. Elle tente de se concentrer sur les affiches colorées qui listent les consignes à suivre et indiquent les coordonnées des associations d'entraide, en vain.

— Qu'avons-nous fait pour en arriver là, murmure-t-elle.

L'odeur du café bon marché et la moiteur de l'air, brassées par des ventilateurs hors d'âge lui soulèvent l'estomac.

Hugues rectifie :

— Comment Léo a pu se foutre dans une merde pareille.

Elle ne répond pas. Les cris des plus petits, qui se disputent dans un coin quelques jouets abîmés, se plantent dans son cœur et y font germer des images de son fils au même âge. Elle pense aux efforts qu'elle a accomplis, aux contreforts qu'elle a bâtis, aux cartes truquées que distribue la vie.

— On y va, lance un bénévole qui porte dans ses bras une petite endormie.

Déjà, la pièce se vide. Hugues et Anna récupèrent leurs papiers, déposés à leur arrivée. La colonne s'est formée, cette fois en direction de l'entrée principale de la maison d'arrêt. Tout est si lent. La porte s'entrouvre, laissant apparaître un surveillant. Il fait l'appel.

— On se croirait à l'école primaire, marmonne Hugues.

Les visiteurs s'engagent un par un dans un calme relatif – personne ne veut le moindre incident, ce serait mettre en péril le parloir, certains ici ont parcouru des dizaines, voire des centaines de kilomètres pour serrer leur proche une heure dans leurs bras, ils ont dû poser des congés, des RTT, payer des billets de bus ou de train, arriver avec une avance folle de crainte de manquer une correspondance, parce qu'aucun retard n'est admis, pas même quelques minutes, et qu'il vaut mieux rôtir seul dans le feu de la canicule plutôt que rater un rendez-vous aussi précieux. Imitant ceux qui les précèdent, Hugues et Anna déclinent leur identité devant la vitre opaque, tendent encore leurs papiers, placent leurs affaires personnelles dans un casier et ne conservent qu'un sac rempli de vêtements de rechange. L'avocate leur a fourni la liste de ce qui est interdit au-delà du portique de sécurité – à peu près tout, et en particulier ce qui contient du métal et déclencherait l'alarme. Sans téléphone, sac à main, portefeuille, avec seulement un paquet de kleenex dans la poche, ils se sentent nus.

— Nous y sommes, souffle Hugues.

Ils ont franchi le portique. Anna jette un œil autour d'elle. Provenant d'on ne sait où, des voix s'interpellent, renvoyées en écho par les murs chauffés à blanc, ponctuées par des claquements, des grincements qui s'enchaînent sans répit. Pas d'insultes aujourd'hui, note-t-elle – peut-être pour épargner les familles. Son ventre se durcit tandis que le groupe se dirige vers la salle exiguë affectée au dépôt du linge. Pour Léo, Anna n'a choisi que des affaires neuves. Des étoffes légères pour contrer la canicule, qui sécheront vite. Depuis que la température a dépassé les 34 degrés, de nouvelles visions l'ont envahie, de corps épuisés et fiévreux, de peaux et de draps trempés.

Le linge est retourné, tâté, les gestes sont sûrs, le tri est rapide, ça oui, ça non. Une femme se plaint, on l'a fouillée au portique et voilà qu'on lui refuse un simple drap de bain au motif que les coutures sont épaisses, de quoi la soupçonne-t-on à la fin ?

— Allez, allez, on ne traîne pas, houspille un surveillant.

Le groupe s'engage maintenant dans une coursive menant à une autre pièce, plus vaste, où sont dispersées une poignée de chaises. Anna et Hugues entrent parmi les derniers. Il reste un siège de libre mais ils ne s'en approchent pas, découragés par les coups d'œil menaçants d'autres visiteurs. Après tout, ils résisteront mieux à la chaleur, se console Anna et une sensation oubliée lui revient de sueur, de tissus bon marché, de simili cuir, de cuisses collées.

À nouveau, l'appel.

— Famille Gauthier !

Son cœur frémit. Elle va voir son fils, l'entendre, le toucher ! Elle croit deviner sa présence derrière la cloison, mais elle se trompe, à vrai dire il est encore loin, il attend derrière une porte d'acier, mains dans le dos, pieds écartés, ancrés dans le sol, cherchant à masquer son émotion, il se sait observé – est-il un casseur de flics ou un fils de bourges, certains n'ont pas encore tranché. Léo souffre de maux de tête, il manque de sommeil, il est angoissé – il a pu constater dès son arrivée de quelle manière étaient traités les faibles, il a vu un jeune, un gringalet qu'on envoyait récupérer les parachutes, ces paquets envoyés par-dessus l'enceinte qui contiennent de la viande, des bouteilles, de l'herbe, des téléphones, il a vu ce type s'éventrer quasiment sur le grillage en grimpant n'importe comment et se faire tabasser ensuite parce qu'il n'avait pas réussi, mais ça il ne le racontera pas, ni aux matons, ni à ses parents, ni même à son avocate, il se comportera comme s'il ne savait pas, comme s'il n'était pas concerné. Il s'est composé une expression tranquille, concentrée, il table sur sa réputation et compte envoyer le signal qu'il ne faut pas l'emmerder, hein, parce qu'il pourrait sortir de ses gonds.

On leur a indiqué le numéro d'un box. Une table, quatre chaises. Sur la cloison opposée, la porte est en partie vitrée. Hugues et Anna échangent un regard amer.

— Il ne devrait pas être ici, rumine-t-elle. Tu dois dire à tous ces gens qui le jugent, qui nous jugent, tu dois leur rappeler qu'il n'est pas condamné. Ce n'est pas de la détention provisoire, c'est de la détention abusive.

— Redescends sur terre, répond Hugues. Il a frappé un CRS. Sérieusement, à quel moment lui a-t-on appris ça ? Qu'il pouvait lever la main sur un flic sans qu'il y ait de graves conséquences ?

Il est en colère. Elle aussi d'ailleurs, elle s'en rend compte. Une colère noire. Comment a-t-il osé leur faire, lui faire un coup pareil. Tout renverser, tout mettre par terre. Pour qui ? Pour quoi ?

Une ombre apparaît, désactivant sa rage. Elle se lève d'un bond.

Il est là avec ses cheveux en bataille, ses joues à peine sorties de l'enfance, son jean trop grand. Il se force à sourire.

Quelques secondes défilent, ils se font face, pétrifiés, puis dans un mouvement qu'on croirait synchronisé, se jettent dans les bras l'un de l'autre. Il enfouit son visage, l'écrase contre le cou de sa mère pour refouler des larmes. Ils demeurent enlacés un long moment, en dépit de la chaleur suffocante.

— Dis-nous, demande enfin Anna,

Elle caresse la main de son fils, espérant capturer l'instant, le ranger dans un coin de sa mémoire où elle pourra le retrouver plus tard.

— Dis-nous comment tu vas, comment tu manges, comment tu dors, si tu as reçu l'argent, si tu es en sécurité. Avec qui tu partages ta cellule. Dis-nous tout.

Il ment. Il affirme que tout va bien. Que la gamelle n'est pas terrible, mais qu'on s'y fait. Que l'air passe dans la cellule. Il remercie pour le linge propre.

Il s'en veut tant de leur infliger ça. Il s'excuse encore et encore. Il répète son histoire, il voulait défendre sa copine, il n'avait aucune intention de blesser ce flic.

— Au sujet de Noémie, il faudrait qu'on lui parle, glisse Hugues. Elle peut sûrement t'aider en témoignant.

Léo soupire. S'ils savaient. Il est amoureux de cette fille – amoureux fou. Il l'a rencontrée lors d'une soirée d'anniversaire d'un ancien du club de tennis, c'était la sœur aînée d'un ami d'ami, elle se trouvait là par hasard, venue récupérer un vélo. Il l'a écoutée raconter ses projets à d'autres, elle le regardait à peine, il était pour elle un gamin sans importance. Inscrite en deuxième année de licence, elle comptait devenir océanologue. C'est de cet avenir qu'il est tombé amoureux, de ce qu'elle évoquait de l'ivresse des profondeurs, de la couleur des océans, de l'exercice de sa liberté : à dix-neuf ans elle avait déjà plongé aux quatre coins du monde. Il s'est rapproché d'elle, lui a servi un verre, lui a tendu le joint qu'il venait de rouler, ils ont fumé. Il était tenace et patient, rompu à la difficulté. Depuis qu'il était enfant, ses parents l'emmenaient dans des lieux, des milieux où il était tout juste le bienvenu, où il devait faire dix fois mieux, dix fois plus que les autres pour être accepté. Ils étaient persuadés de faire partie du sérail alors qu'ils étaient là en invités, de petits notables et encore, par filiation, parce que le père d'Hugues avait compté dans la région. C'était une donnée que Léo avait intégrée très tôt, cette position à la marge. Il n'était pas fils de grand patron, ni de grand propriétaire foncier, ni descendant d'une lignée aristocratique ou rentière, en vérité sa famille se portait bien mais ne possédait rien en dehors de quelques parts d'une petite pharmacie et de l'espérance d'un héritage : par conséquent il lui faudrait en permanence justifier qu'il méritait sa place parmi les élus. C'est ainsi qu'il avait appris à conquérir : par l'effort, la persuasion, l'adaptation.

Avec Noémie, il avait pris son temps et fini par trouver la bonne tonalité. Au petit matin, elle avait posé sa tête sur son épaule. Il lui avait proposé de laisser son vélo et ils avaient enfourché sa moto, roulé tête nue jusqu'au bord de mer, zigzagué sur le chemin côtier qui traversait une résidence privée jusqu'à trouver l'accès à une étroite crique de rochers où ils avaient fait l'amour, profitant du soleil naissant avant de s'endormir. C'était la première fois pour Léo. C'était le ventre coupé en deux, le jaillissement, l'éblouissement, l'accomplissement, le sentiment d'être devenu un homme, de valoir enfin autant que les autres, peut-être même plus, puisque c'était Noémie qui se donnait à lui, pas une de ces jolies bécasses aux doigts bagués qui choisissaient leurs petits amis sur pedigree, c'était cette fille longue, drôle, provocante, nourrie à l'adrénaline, qui préférait la faune sous-marine à ses congénères bipèdes et descendait des dizaines de mètres en apnée. Cette aptitude à évoluer dans un environnement qui n'était pas le sien, c'est ce qui l'avait définitivement emporté.

Il avait proclamé, lyrique : Je serai là pour toi, Noémie, toujours. Il n'avait jamais été aussi sérieux de toute son existence. Elle avait ri et répondu : Ne fais pas de promesses que tu ne peux pas tenir.

Il secoue la tête.

— Noémie a rédigé son témoignage et l'a fait parvenir à maître Hamadi. Vous ne pourrez pas la contacter, elle est en stage de plongée au Mexique.

Lorsqu'il a su qu'elle s'apprêtait à partir pour un autre continent, un autre fuseau horaire, en compagnie d'autres que lui, des garçons plus âgés, plus aguerris, qui partageaient sa passion, son monde s'est effondré. Il était jaloux. Elle riait, encore et encore. Elle n'avait pas l'air de comprendre qu'il ne s'agissait pas d'une amourette adolescente, non, c'était bien plus grand, c'était immense. Ils s'étaient disputés. Elle lui avait jeté à la figure : Passe ton bac et grandis.

Il se sentait détruit. C'était juste avant qu'ils se voient une dernière fois.

Elle l'a rejoint chez Mathis, ils ont fumé une partie de l'après-midi, elle fuyait ses baisers, manifestait de l'agacement, il sentait que les choses tournaient mal. Son esprit et son cœur se sont peu à peu fragmentés, mais après tout, il ne désirait plus que cela, exploser en mille morceaux et disparaître pour ne plus avoir à supporter cette douleur.

— Ce ne sera pas suffisant, Léo.

— C'est à Tim qu'il faut parler, papa. Il a tout vu. Il va m'appuyer.

— Selon Alix, vous avez été séparés bien avant l'incident. Vous vous étiez perdus de vue à cause d'une grenade lacrymogène.

— Perdus de vue ?

Le sol se dissout sous les pieds du garçon. Jusqu'ici, il s'est évertué à tout encaisser en se cramponnant aux perspectives, la vie dehors, l'amitié, les retrouvailles. Tout rentrerait dans l'ordre, il allait quitter cet endroit juste à temps pour l'épreuve de philo – et ils fêteraient ça, avec Tim.

Mais ce qu'il vient d'entendre.

— On était à dix mètres l'un de l'autre, pas plus ! Il a assisté à la scène. Puisque je vous le dis ! Il va me défendre. C'est Tim, c'est mon meilleur ami !

Rappelle Géraud, papa, rappelle Alix, maman. Ils vous ont raconté n'importe quoi.

Anna secoue la tête. Hugues reste silencieux.

— Je ne crois pas qu'il te défendra, murmure Anna. Je crois que nous sommes seuls.

La sonnerie assourdissante crève le ventre d'Anna. Léo bondit, il doit faire vite, retrouver les autres détenus au bout du couloir, se tenir prêt à rejoindre sa cellule à l'appel du surveillant. Deux semaines ont suffi à imprimer en lui ce rythme soutenu, militaire, ces mouvements savamment organisés pour que les groupes ne se croisent pas, cet étrange ballet qui anime les coursives vers les cours de promenade, l'école, le terrain de sport, la bibliothèque, le parloir, l'atelier. Il en a été surpris au début, il pensait plonger dans un abîme de vide, mais c'est tout autre chose : le temps est déchiqueté entre les trajets cadencés, les attentes interminables pour accéder à l'une des zones de ce gigantesque bateau, le programme imposé. Il est déchiqueté par le chaos sonore, les hurlements des téléviseurs, les pleurs et les lamentations, les insultes, les gueulements des hommes et des machines, la musique, les prières, les crissements, les grincements, les sifflements, les coups dans les murs, dans les portes, les coups de tête, coups de pied, coups de poing, les objets qui chutent, les yoyo qui heurtent les barreaux des fenêtres, l'écho métallique des clés, le claquement des grilles, le frottement des chariots, les aboiements des talkies-walkies, les pas bottés des surveillants. Il est déchiqueté par l'invasion de la puanteur, les sueurs emmêlées, l'humidité, les moisissures, la viande et les fruits avariés, le fer mouillé, l'air vicié, putride.

Il est déchiqueté par la douleur du manque, le manque des gestes tendres, des gestes simples, le manque de sommeil, de repos, d'eau et d'oxygène, par l'absence des poignées aux portes, l'absence des couleurs aux murs, l'absence des matières, des goûts, des parfums et des sons propres à la vie, l'herbe coupée, le chant des haubans sur le port, la croûte du pain grillé, la gifle du mistral, le drap frais, la peau propre, il est déchiqueté par l'absence de ceux qu'il aime, l'absence de confiance et de paix.

Le temps n'existe plus.

Au contraire d'un abîme de vide, Léo a plongé dans une mer opaque, pleine, asphyxiante, où il lutte pour repousser la peur qui s'invite et la paranoïa qui rampe.

Il nage. Il cherche son chemin et sa respiration. Il les trouve.

— Léo, lance Anna.

C'est idiot, il ne peut plus l'entendre et elle le sait.

Les portes s'ouvrent côté visiteurs, les chaises raclent le sol.

— Allons-y, dit Hugues. Tu ne peux pas rester là.

Ce *tu* la déchire.

— On se dépêche, crie le surveillant.

Jamais elle n'a éprouvé autant de difficulté à quitter un lieu. Elle est la dernière à franchir le seuil de la prison et doit courir sur le parking pour rattraper Hugues, déjà assis dans la voiture.

— Putain. Putain ! hurle-t-il.

Il laisse glisser sa tête sur le volant.

— On va aller chez eux et parler à Tim, dit Anna. Il a menti à ses parents. Ah ça, ils vont tomber des nues, ce sera quelque chose. J'envoie un message.

Elle prend son téléphone portable. Elle écrit à Alix qu'ils ont rendu visite à Léo. Elle écrit que Tim leur a caché la vérité, qu'il était là, tout près de Léo pendant la manifestation, qu'ils sont en route pour le confronter – puisque les cours ont cessé, puisque la période est consacrée aux révisions, il trouvera le temps de s'expliquer.

Elle tape trop vite, commet des fautes de frappe qu'elle ne corrige pas.

Alix répond aussitôt : je t'interdis de venir, laisse Tim en dehors de ça.

Le vent glacé de la climatisation envahit la voiture. Anna est sonnée. Elle ne peut pas croire ce qu'elle lit. Elle tend son téléphone à Hugues, qui secoue la tête.

— Voilà. Voilà où on en est. Ça ne pouvait pas être pire.

— On y va quand même, s'emporte Anna. On ne va pas se laisser faire. Qu'est-ce que ça peut leur foutre que Tim témoigne. Ils ont un nom, ils peuvent nous apporter une caution morale, ça va peser dans la balance. Ils n'ont pas le droit de nous laisser tomber.

— Ils ont tous les droits. Ils ont peur des conséquences, de l'image. Ils ont peur que ça déstabilise leur fils.

— Tu les défends ?

Elle reprend l'appareil et compose le numéro d'Alix. La jeune femme décroche et attaque d'une voix sèche, coupante.

— Je ne te le répéterai pas, Anna, Léo s'est mis seul dans cette merde. Il a tapé sur un flic, qu'il assume.

— Je croyais qu'on était amies, réplique Anna. Je croyais que tu n'avais peur de rien. Dans la cour du lycée, l'année de seconde, tu te souviens ? Tu étais du côté de la justice.

— Je le suis toujours, c'est bien le problème. Ton problème. Tu n'y vois plus clair. Je ne t'en veux pas, mais je compte protéger mon fils. Le bac, c'est dans dix jours. Tim a besoin d'équilibre. Et pour être honnête, nous sommes très déçus par Léo. Peut-être pas complètement surpris, mais déçus. Au revoir Anna.

Pas complètement surpris ?

Qu'est-ce qu'elle raconte cette salope.

Anna sent monter un désir étrange. Un désir de violence.

— Allons voir Géraud. Allons à l'hôtel.

— Tu plaisantes ? Tu veux provoquer un esclandre ? Nous ridiculiser ? Tu te souviens de ce que pèse Géraud dans la région ? Dans mes projets ? Tu comptes lui reprocher quoi, précisément ? De ne pas soutenir un gamin casseur de flic ? Est-ce que ce sont eux les coupables ? Réveille-toi, bon sang !

Il crie. Il fait de grands gestes en conduisant. Il panique, pense Anna. Si Alix et Géraud reculent, c'est qu'il a déjà perdu quelque chose. Il entr'aperçoit la débâcle.

Elle se tait. Elle essaie de réfléchir, mais les pensées, les sentiments contradictoires s'entrechoquent et la noient. L'amour, la peine, la colère, la déception. Elle pense à la ligne de crête. Elle pense à Alix : le bac c'est dans dix jours. Elle pense, Léo aussi a besoin d'équilibre. Elle pense aux déceptions.

Le long de la route, courbées, soumises par le soleil, leurs robes auréolées de transpiration et éclaboussées de la terre jaunâtre qui vole en particules, des femmes progressent en direction de l'arrêt de bus, à trois cents mètres de là.

L'une d'elles se retourne au passage de la voiture. Son regard se fiche dans celui d'Anna, reliant l'espace d'une seconde leurs deux mondes opposés.

— Non, non, non, murmure Anna.

Elle attrape dans la boîte à gants une paire de lunettes noires et une petite bouteille d'eau qu'elle vide d'une traite sans parvenir à dissiper la sensation irritante d'une gorge poussiéreuse.

Hugues accélère. Droit devant, les collines recouvertes de pins se détachent sur l'azur du ciel, dessinant la frontière verte.

Bientôt, pense Anna, la mer apparaîtra, et le bruit des cigales couvrira tous les autres.

En classe de cinquième, Anna Lacourt expérimente la puissance de la trahison.

Une nouvelle élève fait son apparition au mois de novembre, au retour des vacances de la Toussaint. Pagona Gambotti est corse. Elle dépasse d'une tête les autres filles (et de deux les garçons), elle a une carrure de nageuse, le teint mat, le front barré d'une cicatrice, de longs cheveux bruns qui lui descendent en volutes épaisses jusqu'aux fesses, des sourcils qui se rejoignent en brosse au-dessus de son nez, des yeux incandescents. Elle porte avec décontraction un pantalon en velours marron à pattes d'éléphant et un sous-pull orange.

Les élèves la désignent du doigt, rient, s'amusent de son prénom, de sa carrure, de sa tenue (hormis Anna, qui se tasse sur sa chaise, déroutée face à un être aussi spectaculaire), mais Pagona ne semble pas s'en émouvoir. Elle s'installe à côté d'Anna, où se trouve la seule place libre, puis la retrouve à sa table, à l'heure du déjeuner, pour la même raison. Les murmures et les gloussements envahissent la cantine, mais on dirait qu'elle ne les entend pas. Par précaution, Anna lui tend sa pomme avec l'impression d'approcher un cheval sauvage, vaguement dangereux. Pagona l'accepte, la range dans son cartable et lui serre la main, scellant un pacte et décrétant officielle la naissance de leur amitié. La bourrasque est désormais incontrôlable. Du jour au lendemain, les filles deviennent inséparables. Les exposés d'histoire, les dialogues en cours de langue, les exercices de gymnastique, les promenades dans le parc voisin, elles font tout ensemble. Aux récréations, Pagona Gambotti parle à Anna de la Corse, de politique et d'indépendance. Elle tient des discours enflammés, prétend que son cousin n'est pas n'importe qui, montre en secret une photo d'hommes encagoulés, pointe une silhouette sur la droite : le cousin porte un fusil. À douze ans, Anna ne connaît rien à la politique, mais écoute religieusement Pagona. Elle éprouve pour elle une admiration qui confine à l'amour. Elle n'a jamais vu quelqu'un d'aussi détaché, imperméable à la peur et à la critique.

Un peu avant Noël, Pagona dispense sa leçon la plus éclatante. Le Serpent surgit un soir à l'heure de la sortie, accompagné de sa bande de nervis. Anna se pétrifie.

— Hé, la pisseuse !

Pagona avance d'un pas, plante son regard fier dans celui du Serpent, croise ses bras musclés et crache sans bouger un cil. Un peu de salive tache la botte du garçon.

Tout le monde se tait. Une, deux minutes. Anna disparaît presque entièrement derrière Pagona, son cœur bat à tout rompre.

— C'est qui cette folle, lance le Serpent, gêné, pour ne pas perdre la face – il faut dire que Pagona Gambotti, à vue d'œil, pèse deux ou trois fois son poids.

Et il passe à autre chose.

Anna se pince pour vérifier qu'elle ne rêve pas, mais c'est bien réel, c'est un miracle : Pagona a mouché le Serpent ! Elle se met à penser que les choses peuvent changer. Elle sourit en se réveillant, se redresse en marchant, ne craint plus d'être suivie. Elle se sent en sécurité. Pagona la convie chez elle et Anna découvre la polenta, le bruccio et les polyphonies. Les filles passent leurs mercredis et leurs samedis après-midi allongées sur le lit de Pagona, à examiner ses albums photo, écouter ses disques, évoquer les vacances d'été. Pagona envisage d'inviter Anna en Corse. Elles feront du bateau, elles iront à la plage, elles se promèneront dans le maquis, elles se rendront au bal du 14 juillet. Anna sait que cela n'arrivera pas, ses parents ne pourront pas lui offrir ce voyage (les vacances, Anna les passe depuis toujours dans sa chambre ou dans la réserve du magasin), mais elle se laisse bercer par les promesses de Pagona, fait semblant d'y croire, y croit même un petit peu, c'est si bon.

L'état de grâce se prolonge quatre mois.

Un jour de mars, alors qu'elles sortent de la cantine, une fille se présente.

— Bonghjornu !

Le visage de Pagona s'éclaire. Elle lui répond dans cette langue chantante qu'Anna identifie aussitôt. La fille est une troisième. Grande, brune, elle a le teint mat et du charbon ardent en guise de prunelles.

— Une Corse ! s'exclame Pagona, comme si Anna avait besoin d'explication.

La sonnerie retentit pour indiquer que les cours reprennent mais dans le cœur d'Anna, c'est une alarme qui se déclenche.

— Vas-y, dit Pagona. J'arrive dans une minute.

À la récréation suivante, elle prévient Anna : elle a donné rendez-vous à cette fille, elles ont des *trucs importants* à se dire, des *trucs* qui ne la regardent pas.

Anna comprend que c'est la fin, aussi subite que fut le début.

Pagona ne l'invite plus, ne se propose plus pour les exposés communs, n'est plus jamais libre le mercredi ni le samedi. Elle s'assied à ses côtés en classe lorsqu'elle n'a pas d'autre choix, mais ne s'adresse plus à elle qu'en cas de stricte nécessité. Lorsque Anna se plaint timidement d'être exclue, elle lève les yeux au ciel et la traite de gamine.

— Qu'est-ce que tu peux être conne.

C'est une exécution. Anna souffre au-delà de ce qui est descriptible. Au tréfonds de son âme, la voici à nouveau attachée à la grille, oubliée et perdue. Sa professeure de français la convoque, elle a observé les deux filles, les joues creusées, la mine dévastée d'Anna et a compris, bien sûr, ce qui s'est joué – depuis vingt ans qu'elle enseigne, elle mesure les ravages des chagrins d'amitié, l'inconstance et la cruauté de l'adolescence.

Elle interroge Anna : qu'étiez-vous l'une pour l'autre ? Anna réfléchit. Pagona était tout pour elle. La consolation, la clé, la force, la liberté, les possibles.

Qu'était-elle pour Pagona ?

Elle ne sait pas quoi dire. Elle n'est plus sûre de rien.

— Réfléchissez encore, insiste le professeur.

Anna saisit enfin ce qu'on lui donne à voir. Elle rembobine les après-midi sur le lit. Les conversations à sens unique, l'indifférence de Pagona qu'elle prenait pour du tact ou de la discrétion.

Anna pourrait répondre à présent : elle était un faire-valoir, un outil, un instrument, un caprice, une chose. Un jouet dont on finit par se lasser lorsque survient un autre, plus récent, plus complet, plus divertissant.

Elle se recroqueville.

— Croyez-moi, dit le professeur, vous n'aurez besoin de personne pour réussir, pas même de Pagona Gambotti.

De l'index, elle lui tapote le front.

— Tout ce dont vous avez besoin se trouve ici. Il vous suffit d'utiliser vos ressources.

— Merci, madame, répond Anna, par politesse.

La mise à mort survient au mois de juin, lorsque le Serpent fait une nouvelle apparition. Anna le repère depuis le fond du préau, elle aperçoit sa silhouette voûtée, ses bras disproportionnés, sa main qui éjecte la cendre de sa cigarette d'un geste désinvolte et prétentieux. Son corps se glace. Elle espérait qu'il ne reviendrait plus, qu'il aurait trouvé un nouveau terrain de chasse et pourtant, le voilà. Elle se retourne, cherche instinctivement Pagona du regard. Qu'est-ce que tu peux être conne, murmure-t-elle pour elle-même. Des larmes lui montent aux yeux, elle réfléchit à toute vitesse, peut-être a-t-elle une chance de se dissimuler ? Elle dénoue ses couettes, balaie ses cheveux vers l'avant, baisse la tête. Les élèves sont nombreux à sortir, elle se glisse dans le groupe, jambes en coton, fixe le sol en passant devant le monstre, parcourt plusieurs mètres, c'est gagné, croit-elle, rien ne s'est produit, pas une insulte n'a été lancée, elle accélère, mais une main se pose sur son épaule, arrêtant net son élan.

— Où tu vas comme ça, la pisseuse ?

Ils sont une demi-douzaine autour d'elle. Le plus vieux doit avoir dix-sept, dix-huit ans au plus. Ils portent des blousons en jean, des bottes en cuir à bouts pointus, des lunettes aviateur. Ce sont les rois du monde.

Le Serpent sourit, déclenchant un hoquet chez Anna.

— Je rentre chez moi, répond-elle, terrorisée.

— Eh ben on va t'accompagner alors.

Ils l'encadrent, elle marche. Personne ne se préoccupe de leur affaire, les autres élèves se dispersent en grappes joyeuses. Anna les contemple avec désespoir et envie, ces adolescents auxquels elle n'a jamais ressemblé et ne ressemblera jamais, qui s'apprêtent à rentrer chez eux dans des maisons sûres et accueillantes, des vies sûres et accueillantes, de celles qui donnent envie de grandir.

— Allez la pisseuse, ta mère t'attend ! On va lui dire bonjour !

— Laissez-moi tranquille, ose-t-elle d'une voix éteinte.

Ils éclatent de rire. Une claque dans le dos, une sur les fesses.

Elle a l'idée de faire un détour, pressentant qu'il vaut mieux ne pas leur montrer où elle habite. Ils finiront par se lasser, s'éloigner. Ils auront envie d'un autre jouet. Elle emprunte une rue, puis une autre, elle tourne en rond. Par moments, ils discutent entre eux comme si elle n'existait pas.

— Pourquoi vous ne me laissez pas, hasarde-t-elle encore.

— Ta gueule, réplique le Serpent. Demande à ta copine.

— On est à côté de chez moi, fait un des garçons. On peut aller dans mon garage. Mes parents sont au boulot.

— La bonne idée, siffle le Serpent. Allez la pisseuse, tu viens avec nous.

— Non, supplie Anna, mais son filet de voix est si mince que personne ne l'entend.

Ils la collent, la frôlent, la touchent ; de loin, on pourrait croire qu'ils la protègent alors qu'ils s'apprêtent à la dévorer.

Anna se laisse entraîner, il est inutile de lutter.

Elle a abandonné.

Le garage sombre, le vieux canapé en cuir jaune taché, les flaques d'huile laissées par les moteurs usés, les doigts sales sous la robe, sur les fesses, dans la fente, les griffes sur les seins minuscules, la bave, le sperme, l'odeur du tabac, l'odeur de la bière, l'odeur de l'essence.

Anna ferme les yeux, elle ne pleure plus, elle se laisse tomber, le trou n'a pas de fond, la chute n'a pas de fin, elle tombe, elle tombe et elle pense, ils ne savent pas où j'habite.

C'est la deuxième visite. À 14 heures, elle quitte la pharmacie où son remplaçant vient d'arriver : un garçon jovial d'une trentaine d'années prénommé Valentin, qui a séduit la clientèle en un clin d'œil mais pas encore Coline, contrariée que l'on vienne perturber son écosystème. Il est posé, professionnel, motivé, il cherche un poste dans la région et se tient prêt à effectuer des missions d'intérim aussi longtemps que nécessaire pour se constituer un réseau. Anna est rassurée de lui confier l'officine, rassurée que ce volet de sa vie ait résisté à la secousse sismique de l'incarcération. Elle trouve le courage de lui faire un petit signe amical en s'éloignant, comme si elle partait à la plage. Elle n'a pas caché la raison de ses absences, elle a minimisé les événements, s'est comportée comme si tout allait s'arranger rapidement. Dès que son fils sera sorti, d'ici quelques jours au plus, a-t-elle affirmé, elle reprendra les rênes et n'aura plus besoin de ses services.

Elle s'installe dans la voiture et verrouille les portières, établissant un sas invisible au sein duquel elle peut, enfin, se relâcher. À vrai dire, elle n'est pas mécontente de se rendre seule à la maison d'arrêt. Son instinct lui suggère qu'être trois dans la pièce complique la circulation de la vérité. Père, mère, fils, comment espérer autre chose qu'un spectacle donné par trois comédiens ? Lors du dernier parloir, chacun a tenu les rôles que nature et culture leur ont assignés. Ils ont pris soin de dissimuler leurs failles. Ils ont prétendu être forts et confiants, mais en dehors de l'amour qu'ils ont laissé filtrer, tout n'était que mise en scène. Ils ont tu leur colère, l'ampleur de leur déception, leur désir de vengeance, leur effroi grandissant face à une situation hors de contrôle. Ils ont surveillé les termes qu'ils employaient et se sont abstenus d'aborder les sujets sur lesquels ils craignaient d'avoir des opinions divergentes. Ils se sont contentés de s'embrasser, s'informer, se réconforter, obéissant à des règles implicites.

À deux, peut-être la conversation prendra-t-elle un tour différent, espère Anna.

Elle conduit trop vite. Méprisant la canicule, elle a éteint la climatisation et baissé les vitres à l'avant. Elle se laisse caresser par le vent qui s'engouffre et tournoie, sifflant dans l'habitacle. Quitter la pinède, les murs de pierres sèches, les rangées d'oliviers, le chant des cigales, tout ce qui faisait office de paradis. Franchir la frontière, pénétrer le royaume poussiéreux des zones industrielles où de maigres arbrisseaux tentent de survivre au désastre. Les bas-côtés sont jonchés d'ordures, les panneaux publicitaires couverts de nouvelles inscriptions haineuses similaires aux précédentes : on veut la mort du président, la démission du gouvernement, la révolution, la fin du système. Anna pense : ils veulent la fin du monde. Ils, cette masse informe qui revendique, refuse, menace, enrage. À quel moment ces gens se sont-ils vraiment battus ? Qu'ont-ils sacrifié ? s'irrite-t-elle. Elle est pourtant la preuve que tout est possible à condition d'y mettre le prix, voilà ce qu'elle se répète, refoulant de toutes ses forces le doute qui commence à s'insinuer, les questions troubles qui affleurent, la voix lointaine et sarcastique qui évoque un marché de dupes.

Sur le bord de la route, une jeune femme court en levant le bras pour s'abriter du soleil. Anna la reconnaît à ses baskets à plateformes et sa casquette fuchsia : elle se trouvait dans la file du parloir lors de sa première visite. Un instant, son pied s'allonge vers le frein, elle pourrait s'arrêter et lui proposer de monter pour lui épargner la fin du parcours, mais elle renonce : il faudrait bavarder, accepter un rapprochement, admettre qu'elles ont quelque chose en commun.

Un klaxon hurle pour signaler qu'elle dérive vers la voie opposée.

— Qu'est-ce que tu fous, Anna, s'apostrophe-t-elle à haute voix.

Elle remonte les vitres, descend la température au plus bas. L'air froid la fouette, réveillant sa concentration. Quelques minutes encore, la voici devant l'accueil des familles.

La pièce est pleine à craquer, saturée d'odeurs de transpiration. Des bébés crient, portés par des mères épuisées, deux petites filles endimanchées, coiffées à l'identique, longues tresses africaines démarrant au sommet du crâne, se disputent une bouteille d'eau. Ce vacarme, cette saleté. Anna aimerait s'isoler, mais à l'extérieur, il n'y a pas un arbre pour se mettre à l'ombre, pas le moindre refuge et la température dépasse 38 degrés.

La porte s'est ouverte sur la fille à la casquette rose. Elle semble près de s'écrouler, le front trempé, la respiration saccadée.

— Ça va Rosalinde, tu es à l'heure, dit une bénévole. Remets-toi. Avec cette chaleur tu devrais éviter de courir.

— C'est ce putain de bus, pas moyen qu'il attende une minute, moi je peux pas faire mieux avec le TER, il est toujours à la bourre. Et puis dehors c'est l'enfer.

— C'est l'enfer partout ! Dedans, dehors, quelle différence ma chérie, la coupe une visiteuse plus âgée.

Anna se sent coupable. Elle tire un paquet de mouchoirs de sa poche et le tend à Rosalinde pour qu'elle s'éponge.

— Merci, dit-elle dans un souffle. Putain, c'est la double peine. J'ai l'air de quoi. Mon maquillage est niqué, c'est sûr.

— Vous avez l'air d'une jolie fille, répond Anna.

Et c'est vrai, la sueur n'enlève rien à sa beauté.

— C'est gentil, mais j'y crois ap.

Dommage qu'elle soit vulgaire, juge Anna. Habillée autrement et avec du vocabulaire, cette fille pourrait prétendre à bien plus. Peut-être même qu'elle se trouverait loin d'ici.

Et aussitôt, l'ineptie de sa réflexion la torpille.

Il est 15 h 45 lorsque la porte du parloir s'ouvre enfin. Son fils adoré.

— Léo !

Elle s'apprête à le prendre dans ses bras mais un détail la retient : il porte un épais sweat-shirt noir à manches longues. Ses cheveux forment des boucles humides qui collent à son crâne, son visage est constellé de plaques rouges.

— Tu dois étouffer là-dessous. Pourquoi…

— Je suis bien, l'interrompt-il. Ça va.

Elle se recule. Il a une posture inhabituelle, la tête inclinée. Elle revient vers lui, le tire par la manche. Il se dégage, mais trop tard : elle a aperçu le bleu, tirant vers le noir.

Les loups.

— Qu'est-ce que c'est Léo ? Qu'est-ce qu'ils t'ont fait ? Laisse-moi regarder tes bras.

— Lâche-moi maman, c'est rien du tout, ça.

Une fraction de seconde, des images cavalent, une invasion. Léo endormi contre son sein, sur son cou, sur son ventre. Léo grimpant sur le dos de son père, Léo pédalant sur son vélo, Léo courant dans la forêt, Léo barrant fièrement lors d'une sortie en mer, Léo exultant avec Tim après leur réussite aux épreuves anticipées de première.

Anna cherche à quel moment le train a déraillé, mais tout ce qu'elle voit, c'est son œuvre : une vie ordonnée et heureuse. Rien qui puisse mener ici, où les loups mordent les proies faciles, sans défense, celles qui ne savent rien de la violence.

Mais attention, prévient-elle son fils : ceux qui ont fait ça vont la trouver sur leur chemin. Elle n'a pas peur d'eux, oh non. Qu'il nomme les coupables et elle s'en occupera.

Il sourit.

— Tu ne feras rien du tout, maman. Je gère. Puisque je te dis que je vais bien. Je n'ai pas peur, moi non plus.

La tonalité de sa voix est plus grave. Il a vieilli d'un coup. En trois jours ! Elle l'observe encore : il ne semble pas affaibli mais différent, et cela la trouble plus que tout le reste.

— Tu as des problèmes, insiste Anna. C'est évident.

— Je n'ai pas de problèmes. Enfin… Pas plus de problèmes qu'ailleurs. Je me suis blessé en faisant du sport, fin de l'histoire.

Elle est surprise qu'il use d'un langage aussi direct avec elle, surprise de cette autorité toute neuve.

Il réfléchit.

— Si tu veux m'aider, me faire plaisir, tu pourrais…

Il hésite.

— Dis-moi. Dis-moi ce que je peux faire.

— Seulement si tu le sens…

— Parle Léo, je t'écoute !

Qu'il ouvre la porte, elle s'y engouffrera.

— C'est vrai qu'ici on manque de tout, faut s'arranger, trouver des solutions, tout le temps. Tu pourrais m'apporter, je ne sais pas, un truc sucré. Un truc que tu pourrais cacher dans tes vêtements. S'il faisait moins chaud, je te demanderais de la viande, il y a des gars qui font passer des steaks. Là, je sais pas…

Elle n'en revient pas. Un truc sucré.

Il raconte que les femmes glissent des tas de choses dans leur soutien-gorge. Il dit que du moment que les portiques ne sonnent pas, les matons ne fouillent pas, c'est la loi, enfin sauf s'ils ont une bonne raison, mais c'est compliqué, il faut faire venir un officier de police judiciaire, il faut une enquête, un soupçon de délit. Il dit : tout ce qu'ils peuvent faire, c'est une palpation, alors les femmes, elles passent tout et n'importe quoi, des bonbons, du tabac, même du charbon à chicha, de la levure pour faire des gâteaux parce qu'ici, ça aussi c'est interdit, et après en sortant du parloir, bien sûr, certains d'entre nous sont fouillés, les fichés ou ceux qui sont tombés pour des affaires de stups, ils y passent à coup sûr, mais les gars comme moi, on est tranquilles.

Il raconte tout ça calmement et Anna pense, effrayée : c'est dans ses gènes, c'est mon héritage, il a le mode d'emploi. Elle pense, tout est ma faute.

— Il y a des confiseries à la cantine, non ? Et puis on ne peut pas prendre le risque d'aggraver ton cas. Tu vas sortir bientôt, sois patient.

— Bientôt, vraiment ? Tu as vu Tim ? Tu lui as parlé ?

— Alix et Géraud font barrage, je suis désolée. Mais tout va s'arranger, ajoute-t-elle sans aucune conviction. On se débrouillera sans Tim. Il faut que la tension retombe, c'est ce qui fera la différence pour ta remise en liberté. Ça pourrait même coller, pour le bac.

— Mais oui maman, tout va s'arranger, comme par magie, on est chez Walt Disney, ironise-t-il.

Ils font silence. Anna désemparée fixe la chaise métallique. Elle pense au papier plié dans sa poche, sur lequel elle a noté les questions qu'elle n'a pas osé poser lors de sa première visite.

Elle ne les posera pas non plus aujourd'hui.

Déjà, le haut-parleur crache son venin. « Fin de parloir ! »

La sonnerie, le grincement de la porte.

Léo se lève, mains derrière le dos.

— À samedi, lance Anna. Je viendrai avec ton père.

Il se retourne, se force à lui sourire, disparaît.

Elle ne voit rien de la route du retour. Elle conduit dans un état second, nauséeux, ses gestes sont automatiques, empoigner le volant, activer le clignotant, appuyer sur la pédale de frein, doubler un camion :

tout cela se fait sans elle. Elle ne repasse pas à la pharmacie mais rentre directement à la villa, sans l'avoir choisi. Le portail verrouillé, elle ôte ses chaussures, défait sa robe, ses sous-vêtements, dénoue ses cheveux, s'avance vers la piscine, s'arrête un instant face à la mer, reine nue assiégée de soleil, s'enfonce dans l'eau.

Plus aucune pensée ne la traverse, son esprit est vide, blanc, improductif.

Elle nage jusqu'à l'épuisement, jusqu'à caresser l'accident, les membres tétanisés, le ventre tendu par l'effort, la peau froissée par les assauts du chlore.

Puis elle s'allonge sur un transat en teck et s'enfonce dans un sommeil sans rêves.

Anna et Hugues n'échangent presque plus. Il n'y a pas de réelle animosité, chacun vit dans une dimension distincte aux préoccupations différentes – où Léo occupe toutefois une place identique, centrale. Ils maintiennent un lien qu'ils savent nécessaire, prennent leurs repas ensemble comme ils l'ont toujours fait, s'informent de leurs emplois du temps respectifs.

Ce matin, alors que la cuisine, volets fermés pour repousser la chaleur, est plongée dans la pénombre, Hugues émet un rappel.

— Tu te souviens que nous avons le déjeuner des Anciens du Club, demain ?

— J'avais oublié, mais je n'ai aucune envie d'y aller.

— Il faut montrer qu'on est confiant, qu'on n'a rien à se reprocher. On doit poursuivre notre vie sociale, voir nos amis.

Montrer, mentir, prétendre.

— Des amis ? répond Anna, caustique. S'il te plaît, trouvons un prétexte et annulons.

Hugues soupire.

— Nous avons des obligations, Anna. Nous irons à ce déjeuner.

Elle ne commente pas. Elle sait qu'il a raison. C'est la règle du jeu auquel elle a accepté de participer voici plus de vingt ans. Les obligations : rarement un terme lui aura paru aussi approprié. Elle lave les tasses, essuie la table, va chercher son sac à main. Elle vérifie pour la énième fois qu'elle a bien sa carte d'identité : dans moins de deux heures, ils retrouveront leur fils, c'est tout ce qui lui importe. Elle n'a pas mentionné à Hugues la curieuse demande de Léo ni les traces de coups. Elle a dit qu'elle l'avait trouvé plus fatigué. Il a rétorqué : Moi aussi je suis fatigué, il est temps que cela se termine, la plaisanterie a assez duré.

Hugues prend le volant, comme toujours. Une place assignée, un réflexe auquel Anna n'avait jamais prêté attention jusqu'à maintenant. Elle cherche dans ses souvenirs des moments où il se serait contenté d'être le passager. Avant la naissance de Léo, c'est arrivé quelquefois mais il critiquait sans cesse sa conduite, alors elle a renoncé. Sans regret : elle contemplait les véhicules qu'ils croisaient et y retrouvait la même scène, l'homme à gauche, la femme à droite. Un code parmi les codes, auquel elle aspirait à se conformer. Aujourd'hui pourtant, lui vient une idée bizarre. Est-ce parce qu'on les juge dispensables que la place du mort revient si souvent aux épouses ?

— C'est quoi ce bordel, grogne Hugues.

La circulation s'est ralentie sur la nationale.

Anna se crispe. Le temps qu'elle consulte sa montre, les véhicules sont à l'arrêt.

— Prends par le bas-côté, suggère-t-elle. Pour une fois ! On ne peut pas rater le parloir.

Dans l'habitacle, la climatisation ne suffit plus, à moins que ce ne soit la conséquence du stress : des perles de sueur se forment sur ses cuisses.

— Ça doit être un accident. Attendons que ça se dégage.

— Ce n'est pas un accident, Hugues. Écoute les klaxons. Il y a autre chose.

Il baisse sa vitre, sort à moitié le buste de la voiture, main en visière pour éviter l'éblouissement.

— Putain. Évidemment : on est samedi. Putain de manifestants. Ils occupent le rond-point. Ils doivent filtrer les bagnoles.

— Va sur le bas-côté, s'obstine Anna. Il y a assez de place pour rouler.

Combien de fois ont-ils pesté, englués dans un embouteillage, en voyant des chauffards prendre leurs aises : si tout le monde se comportait avec la même désinvolture, ce serait un beau bazar !

— Tu es folle ? Pour nous faire cueillir là-bas par des fous furieux ?

Anna sursaute. Il vient de lui montrer la voie, bien involontairement. Elle descend, claque la portière.

— Anna ! Reviens ! Qu'est-ce que tu fais ?!

Elle court, malgré ses pieds enflés, son souffle empêché, sa bouche déshydratée. Déjà, il l'a perdue de vue. Elle parvient au rond-point, ils sont une trentaine d'hommes surchauffés, des gars à la carrure de dockers prêts à en découdre, mais elle n'est pas impressionnée, elle les interpelle, attrape l'un d'eux par le coude, un barbu au cou tatoué d'un poignard rouge et noir.

— Il faut nous laisser passer, monsieur, nous allons à la maison d'arrêt, on ne peut pas rater le parloir.

— Ça, ma petite dame, c'est pas mon problème. On se bat pour défendre notre pouvoir d'achat, pas pour aider les délinquants.

Elle tire sa carte d'identité de son portefeuille.

— Monsieur, s'il vous plaît, je suis la mère de Léo Gauthier.

Le type sursaute. Léo Gauthier ? Il se retourne, appelle ses collègues, hé les gars, devinez qui j'ai là ?

— On va régler ça, bien sûr, et avec plaisir !

À quatre, ils l'escortent jusqu'à la voiture où elle reprend sa place. Ils font signe à Hugues ébahi de quitter la file et d'avancer sur le côté, formant une véritable haie d'honneur. Tête baissée, il obéit aux ordres sous les invectives des autres automobilistes.

— Le gamin, on est avec lui, crie le barbu. Faites-lui passer le message, on continue le boulot. Ce qu'on a fait ce matin, c'est pour lui, pour nous, c'est pour nous tous !

— Ce matin ? Mais qu'est-ce que vous avez fait ? s'étonne Anna.

Elle n'entend pas la réponse. Son mari a refermé les vitres. Dans le miroir de courtoisie, Anna peut voir les manifestants agiter joyeusement leurs banderoles.

— Je vais oublier cette scène, lance Hugues. Quelle honte. Imagine une seconde qu'une de nos connaissances nous ait surpris en compagnie de ces excités.

— On sera à l'heure, c'est ce qui compte, non ? Tu n'as pas envie de voir ton fils ?

— Dire que j'ai envie de voir mon fils dans le box d'une maison d'arrêt serait très exagéré.

En vérité, Hugues remplit son rôle de père parce qu'il s'y sent tenu, parce qu'il n'a pas d'autre choix, mais son ressentiment croît de jour en jour. Il prie pour que Léo soit libéré, mais entrevoit que rien ne sera plus comme avant. Il craint de ne plus éprouver assez d'amour pour ce fils décevant, inconséquent. Un petit con, voilà ce qu'est devenu Léo. Un petit con qui a mis le feu à leur vie. Jusqu'où l'incendie se propagera-t-il ?

— Ce sont ces gens qui en font un symbole. Léo a commis une erreur, mais il n'est pas responsable de cette folie, fait valoir Anna.

Peut-être cela explique-t-il la quasi-absence des hommes au parloir, songe-t-elle. Peut-être leur est-il plus difficile d'accepter les fautes de ceux qu'ils chérissent et qu'ils ont engendrés. Peut-être y voient-ils une mise en cause personnelle.

Leur discussion s'arrête là. La chaleur garrotte leur combativité, les liquéfie. Ils ne prononcent plus un mot – sauf à décliner leur identité en arrivant à la prison.

— Famille Gauthier !

Léo porte encore son sweat-shirt à manches longues lorsqu'il pénètre dans le box.

— Alors, comment va le héros des barricades ? lance Hugues, pincé.

— Quel humour, réplique le garçon.

Hugues est sidéré par l'insolence de son fils, sa manière de croiser les bras en redressant les épaules, comme s'il affichait sa puissance. Il aimerait lui rentrer dedans au sens littéral, le secouer, obtenir des explications, des réponses, des excuses qui sait, mais il est pris de court. Le discours moral qu'il a préparé, les conseils qu'il comptait dispenser, les réflexions sur ce qui se produit dehors, sur le futur opaque, tout lui paraît soudain vain ici, comme si le parloir ne tolérait qu'un échange de banalités. Il se borne à lui donner des nouvelles du Club, dont Léo se fiche éperdument, et en retour, Léo lui décrit par le menu les exercices de musculation auxquels il s'astreint chaque matin.

Ils se séparent plus étrangers qu'ils ne l'ont jamais été, amers et déçus.

— Il doit crever de chaud avec ce sweat, murmure Anna en ouvrant la portière de la voiture.

— Moins de trois semaines de détention et je ne reconnais plus mon fils, enchaîne Hugues. Dix-huit ans d'éducation qui disparaissent d'un coup, pschitt.

— Ça ne disparaît pas, répond Anna. Il s'adapte.

Que s'est-il vraiment passé ? Ce doit être très grave pour qu'il soit incarcéré ! On dit que. J'ai entendu que. Qui aurait cru que. Ce gentil garçon. C'est malheureux. Sera-t-il autorisé à passer le bac ? Ça doit être terrible pour votre famille ! On ne connaît jamais ses enfants.

Ce dimanche, le déjeuner des Anciens affiche complet. Le champagne est servi à l'apéritif, les flûtes s'entrechoquent, les sourires barrent les visages : la vie suit son cours.

Le lundi suivant, maître Hamadi téléphone pour annoncer que la demande de remise en liberté a été rejetée. Une décision logique : des manifestants ont incendié une gendarmerie, les forces de l'ordre vivraient une libération comme un affront. L'avocate formulera une nouvelle demande au plus tôt. Il faut être patient, patient, patient, c'est une question de semaines, on joue l'apaisement.

La chaleur atteint des records absolus pour un mois de juin. Le ciel forme un couvercle bleu, écrasant, sans le moindre nuage pour offrir un répit quelconque.

Anna est effondrée. L'avenir de Léo n'intéresse personne. Il n'est qu'un pion sur une table d'échecs ou un sujet de conversation excitant le temps d'un verre entre amis.

La pharmacie ouvre à 8 heures. Anna apprécie cet intervalle paisible qui s'étend jusqu'à l'arrivée de Coline, une heure plus tard. Elle y est seule la plupart du temps, ses rares clients sont des personnes âgées réveillées depuis l'aube, qui profitent de l'air encore respirable pour venir chercher un traitement et un peu de compagnie. Ceux-là ne citent pas le prénom de Léo. Ils parlent de la sécheresse qui s'étend chaque année, du monde qui s'en va à vau-l'eau, du carnet mondain du Village, de ceux d'entre eux qui vont mourir. Anna les complimente sur leur bonne mine et leur promet qu'ils seront centenaires. Ils s'en vont rassérénés. Alors elle sort un bloc et un stylo d'un tiroir. Chaque jour, elle écrit à Léo. Elle raconte la beauté de l'été à venir, le pêcher du jardin qui ploie sous les fruits encore verts, les mots gentils envoyés par les amis du lycée. Elle décrit combien les plaisirs, se baigner lorsque la nuit l'emporte sur la fournaise, dîner sur la terrasse, choisir un menu, lui paraissent incongrus depuis que son fils en est privé. Elle répète son amour inépuisable et sa détermination, elle le supplie de se confier.

Dis-moi, dis-moi ce qui te pèse, écrit-elle. Laisse filer les secrets et les remords. Laisse filer la peur et la douleur.

Ne me protège pas.

Je peux tout entendre. Tout.

Les premiers jours, elle ne reçoit pas de réponse. Entre-temps, elle s'est rendue au parloir mais n'a pas fait allusion au courrier, ni celui qu'elle a posté ni celui qu'elle attend en retour. Elle pressent qu'elle ne doit rien brusquer et au contraire, préserver ce territoire particulier où pourraient s'échanger des phrases impossibles à énoncer face à face. Ou même par téléphone : Léo n'a appelé qu'une seule fois et a prévenu qu'il n'essaierait plus, il faut faire la queue et prendre le risque de rater la promenade, et puis il faut s'exprimer devant l'assemblée narquoise des autres détenus ; or ça, il s'y refuse absolument.

L'écrit, c'est différent. Les mots couchés sur le papier semblent provenir d'une autre source, bien plus profonde. Jusqu'à l'incarcération, Anna et Léo n'avaient guère échangé que quelques cartes postales. C'est un apprentissage, une nouveauté, un exercice rendu d'autant plus délicat que ces lettres, avant de s'envoler vers leurs destinataires, seront lues par l'administration pénitentiaire. Il faut jongler avec la pudeur et le danger. Pourtant, Léo finit par s'y mettre, lui aussi. L'enveloppe parvient à Anna après le parloir du week-end. Elle est stupéfaite de la confession qui s'y trouve. Il a tant pris sur lui, lit-elle, durant tant d'années, pour être ce qu'on voulait qu'il soit. Il écrit qu'il a dû trouver un remède pour calmer ses angoisses, un carburant pour évoluer dans ce milieu au sein duquel il demeurerait à jamais un moins-que-les-autres. Il écrit qu'il a fait ce qu'il a pu et qu'il en paie le prix. Qu'il est devenu un volcan, qu'une étincelle a suffi à le faire exploser.

Il écrit : Mais je reprends le contrôle.

J'espère que tu comprendras, maman.

Elle ne comprend rien. Elle relit la lettre des dizaines de fois, en vain. De quoi parle-t-il ?

Elle la range dans le tiroir de sa table de chevet.

Dès qu'elle l'aperçoit, Anna freine puis s'arrête à sa hauteur, l'invite à monter. Rosalinde a un mouvement de recul. Elle hésite à cause de la voiture, un Range Rover dont le prix couvrirait ses dépenses d'une décennie. Instinctivement, elle la considère comme une zone ennemie. À vrai dire, Hugues l'a obtenue pour une somme ridicule, le véhicule appartenait au père d'un de ses amis, importateur de la marque, à qui il a fait une fleur lorsqu'il était encore journaliste. Au décès du père, Hugues a fait savoir qu'il était intéressé, la transaction s'est conclue en vingt-quatre heures, il l'avait décorée d'un nœud rouge avant de l'offrir à Anna dont la vieille Austin était tombée en panne.

La chaleur éreintante convainc la jeune femme qui grimpe avec précaution. Depuis l'enfance, elle sait que rien n'est gratuit et guette la contrepartie.

— Nous nous rendons au même endroit, n'est-ce pas ? la rassure Anna, notant pour elle-même de passer l'aspirateur au retour – les chaussures de Rosalinde ont laissé des empreintes grises sur le tapis de sol qu'elle aspire chaque semaine.

— Oui, c'est ça, répond Rosalinde.

Le t-shirt moulant de la jeune femme, lacé sur les flancs, laisse apparaître les plis gras de son ventre. Son maquillage bleu vif tranche – ou plutôt jure, dirait Anna – avec ses yeux noirs et sa casquette rose.

— Je vais voir mon fils, et vous ?

Rosalinde reste muette.

— Vous venez depuis longtemps ? reprend Anna.

— Assez, lâche Rosalinde, le regard braqué vers l'extérieur.

Anna comprend qu'elle n'en saura pas plus. Qu'espérait-elle après tout ? Ce matin, elle a pris soin d'enfiler une tenue sobre sans marque apparente, jean et t-shirt noir, mais on ne gomme pas si facilement les signaux d'appartenance à une classe sociale. La qualité et la coupe de ses vêtements, sa posture, ses gestes, la richesse de son lexique, sa diction posée, tout chez elle trahit son identité de bourgeoise et la situe *de facto* de l'autre côté d'une barrière invisible.

— Mon fils a pris des coups, poursuit-elle. J'ai vu les traces, les bleus.

Rosalinde tourne la tête, une moue dégoûtée.

— Ceux qui prennent des coups, c'est les pointeurs et les pédos. C'est mérité.

— Mon fils n'a rien à voir avec tout ça. Il est là pour violences.

— Alors les coups, s'il les prend pas, c'est qu'il les donne.

— Il n'est pas du genre à chercher les problèmes.
— Peut-être qu'il les règle. Et qu'il rend service.
— Comment ça ?
— C'est à lui qu'il faut poser vos questions. Je suis pas à l'intérieur.

Elles sont parvenues à destination. Rosalinde sort de la voiture et s'éloigne aussitôt. Anna tire de la boîte à gants un sachet de réglisses. Elle se sent ridicule. Un sachet de bonbons ! Puis elle pense à son fils en cellule. Elle regarde sa vie s'effilocher sur ce parking aussi morne qu'il est bouillant. Elle pense aux gendarmes cagoulés et aux menottes, elle pense aux manifestants, elle pense à Hugues qui dort depuis l'avant-veille dans la chambre d'amis, elle pense à la sortie des lycées où les reporters se masseront, dans quelques jours, pour recueillir les premières impressions des candidats après l'épreuve de philosophie.

Elle pense à son propre sujet, sur lequel elle planchait voici plus de trente ans : l'homme a-t-il, par son action, le pouvoir de changer sa destinée ?

D'un geste sûr, elle cache le sachet de réglisses dans son soutien-gorge, contre la couture élastique. Elle l'a presque oublié lorsqu'elle piétine à l'accueil des familles. Elle ne cille pas en traversant les portiques de sécurité. Les surveillants jettent à peine un œil à cette femme qu'ils ont d'emblée étiquetée : une femme *comme il faut*.

Une fois dans le box, elle pose les réglisses sur la table.

— Tu l'as fait ! s'exclame Léo en entrant. Maman, tu es incroyable !

Il regarde les réglisses mais curieusement, il n'y touche pas.

— J'aimerais savoir, Léo. Les coups, tu les donnes ou tu les reçois ?

Elle a remarqué son arcade sourcilière droite gonflée et ses baskets trouées, tachées, des baskets qu'elle n'a jamais vues.

Il fait mine de ne pas saisir.

— Léo, insiste-t-elle. Tu m'as écrit que tu reprends le contrôle. Qu'est-ce que ça signifie ?

Il se passe la main dans les cheveux, prend une longue inspiration.

— Écoute, maman. Écoute, si tu peux, si tu es prête.

Cette fois, il sera direct parce qu'il n'a plus le choix : il a besoin de son aide. Il ne livrera pas les détails, seulement l'essentiel. Qu'elle ne se trompe pas : il n'est pas une victime. Il n'est pas de ceux qui se diluent, se fractionnent, disparaissent. Les fragiles, les dépressifs, les isolés, qu'on reconnaît à leur façon de marcher, le cou rentré, les yeux creusés, et qui finissent par se pendre à leurs draps. Lui, il a su créer des frontières. Une zone de survie et même de respect. Il est sportif, il sait se battre, et puis il y a cette sorte de notoriété qui crée un climat favorable même si elle ne garantit rien. Mais il y a tout le reste aussi. La vie sombre, chaotique, hurlante. Ce tintement incessant des clés, ces odeurs de sueur, de pisse et de merde qui lui vrillent le cerveau. L'oxygène qui fait défaut, l'humidité et la fournaise, les rats dans les coursives, les punaises dans les lits, les puces, les cafards. Il n'a trouvé qu'un outil pour tenir, un seul. Il fume de l'herbe, oui de l'herbe, de la weed, de la beuh, c'est pas le diable, hein, c'est thérapeutique et ça ne date pas d'hier, c'est ce qui le sauve depuis des mois et à présent, c'est ce qui le sauve ici, entre ces murs.

Pardon si je te déçois, mais putain.

Anna se sent clouée au sol.

Les mots du procureur lui reviennent, les stupéfiants, l'alcool, son fils dépeint comme une petite frappe. Il lui faut un instant pour s'arrimer à la réalité. Elle adresse ses questions, mains crispées sur la table, et ça dure depuis combien de temps, qui te fournissait, où as-tu trouvé l'argent, qui est au courant ?

Léo lève les yeux au ciel.

— Renseigne-toi, maman. On ne parle pas de crack, on parle d'herbe ! C'est rien. Moins dangereux que l'alcool. Tout le monde fume ! Les enfants de tes amis chics. Tiens : Tim, il se roule ses quatre-cinq joints par jour. C'est légal dans un tas de pays, mais ici on nage dans l'hypocrisie. Une pure question de pognon et de politique.

— Ne me donne pas un cours, s'il te plaît. Je connais l'argumentation.

— J'en ai besoin, putain. À moins que tu m'annonces que je sors demain ? J'en ai besoin pour tenir le coup, pour ne pas devenir barjot, c'est ça que je veux que tu comprennes. Ça circule ici, tout circule ici d'ailleurs, pas que l'herbe, mais ça coûte cher, encore plus qu'à l'extérieur. Je dois payer d'une manière ou d'une autre. Je me suis démerdé jusque-là. Une paire de pompes. Un truc à la cantine. Mais j'ai plus rien à proposer, sauf à cogner.

Il lui décrit un rôle comme un autre dans cette société alternative. Il faut des cogneurs, des mecs qu'on envoie à la baston. Il a bien offert ses talents d'écriture, une lettre contre un pétard, mais il y a peu de demandes alors il cogne lorsqu'on lui confie une mission et parfois, s'il y a du répondant, ça se termine à l'infirmerie, voilà pourquoi l'épaule bleu noir.

Anna a le sentiment d'être prise dans un éboulement dont elle aurait lancé la première pierre.

— C'est pour ça, les bonbons, poursuit Léo. Tu l'as fait. Tu les as rentrés. C'est pour ça que j'ai demandé, pour vérifier…

— Les bonbons ?

— Tu vois : personne ne t'a fouillée. Ils ne chercheront jamais rien sur toi. Tu es bien trop – il cherche l'adjectif approprié pour compléter sa phrase – parfaite.

Elle recule sa chaise.

— Tu n'imagines tout de même pas que je vais t'apporter ce… cette herbe ? Est-ce que tu veux plus d'argent sur ton compte ? Je peux augmenter le mandat.

— Ce n'est pas d'argent dont j'ai besoin, maman. C'est d'autre chose. Quelque chose qui vaut de l'or ici, que je pourrais échanger facilement. Avec ça, j'aurais la paix.

Anna cherche mais ne voit pas, malgré l'évidence : l'idée ne peut simplement pas éclore en elle.

— Tu vas me répondre que je me suis mis seul dans cette situation et que je dois en sortir seul, poursuit-il.

— C'est ce que ton père dirait. Et il aurait raison.

— Alors ne le fais pas, mais je devais essayer. Maman… oxycodone, Skénan, fentanyl… tu as tout ça sous la main, non ? L'oxy surtout. Juste quelques comprimés, le temps qu'on me remette en liberté.

— Tu n'es pas sérieux, Léo.

Elle a parlé sèchement. Au fond, elle n'a pas encore intégré ce qui vient de se produire. Quelque chose en elle refuse d'enregistrer l'information.

Léo s'essuie le front. Il est pris d'une nausée, une nausée de lui-même.

— Pardon, pardon pour tout ça maman. Oublie ce que j'ai dit. Comment j'ai pu te demander un truc pareil ? C'est la détention, ça brouille tout. Je m'en sortirai. Vraiment, j'y arriverai. N'en parlons plus.

Il pose sa main sur la sienne et la caresse – malgré l'âge qui vient, sa peau reste douce et tendre.

— C'est ça, murmure Anna. N'en parlons plus.

Le garage ne leur suffit plus. Ils emmènent Anna dans le square voisin du collège. Ils investissent un bosquet épais, entouré d'une clôture de plastique vert foncé, où les plus petits ne s'aventurent pas. Ou bien ils vont dans un café dont ils connaissent le patron. Ils boivent des bières et des sodas, ils fument, ils jouent sur les machines, elle reste assise dans un coin. Les toilettes sont à l'arrière, donnant sur une cour où les poubelles s'entassent. L'un d'eux prend la clé et clame, j'accompagne la pisseuse !

Un jour, le patron s'étonne : elle peut bien y aller toute seule ! Ils rient ensemble. Puis le Serpent répond : elle préfère qu'on l'escorte.

Lorsqu'elle rentre chez elle, Anna se dépêche d'aller laver sa culotte. Au début, elle a des haut-le-cœur en frottant, puis ça passe, elle s'habitue. C'est l'effroi qu'elle n'apprivoise pas, l'effroi et l'incertitude. Ils sont presque toujours là à la sortie des cours, postés devant la grille, mais Dieu sait pourquoi, ils ne l'emmènent pas à chaque fois. Il arrive qu'ils la laissent passer, comme si elle n'existait pas. D'autres jours, encore plus rares, ils l'emmènent mais ne la touchent pas. Elle essaie de comprendre les règles, elle préférerait qu'il y en ait, mais elle n'en trouve aucune.

Le soir, elle fait durer la douche. Sa mère finit par toquer à la porte : tu sais combien ça coûte de chauffer l'eau ?

Le jour de ses treize ans, elle coupe ses cheveux. Elle s'y prend mal, ça fait des escaliers. Son père se fâche. De quoi as-tu l'air ? Sa mère attrape les ciseaux de cuisine et égalise.

Le Serpent est mécontent. Il préfère les cheveux longs. Il voit dans le geste d'Anna une attaque inexcusable qui exige d'être punie. Il réfléchit à la condamnation mais ils ont déjà tout envahi et saccagé, il ne reste plus grand-chose à inventer.

Peu après, un mercredi après-midi, alors qu'ils traînent avachis sur le vieux canapé de cuir jaune, la bière manque, il a une illumination : la pisseuse va nous ramener à boire !

— Je n'ai pas d'argent, murmure Anna.

— Rien à foutre, lâche le Serpent. Tu nous ramènes des bières, à bouffer, et tu te magnes le cul.

Ils la poussent hors du garage. Elle reste plantée là, sous une pluie fine, incapable de penser, puis elle se souvient des doigts aux ongles sales, des mèches poisseuses, des chairs abîmées, des fluides nauséabonds, du sang entre ses cuisses. Elle se souvient de l'enfoncement, de l'écrasement, de la peur, la peur, la peur. Elle court jusqu'à l'épicerie familiale. Sa mère est assise derrière la caisse, occupée à ranger des centimes dans les rouleaux plastifiés destinés à la banque. Anna se faufile silencieusement entre les rayons, attrape un pack de blondes et un grand sachet de chips qu'elle serre contre sa poitrine, court à nouveau sous l'averse, de toutes ses forces.

— Les bières tièdes, c'est dégueulasse, crache le Serpent. T'es vraiment qu'une connasse.

Les autres acquiescent.

Le week-end suivant, les murs tremblent chez les Lacourt. Le père a fait l'inventaire et accuse la mère d'être une incompétente. On les dépouille et elle ne voit rien. Pendant qu'il se tue à charrier des palettes, madame n'est pas foutue de surveiller la boutique ! Une assiette voltige, la mère pleure, Anna aussi. Elle monte dans sa chambre mais ne dort pas. Elle regarde les murs qui semblent se rapprocher peu à peu et menacent de la broyer. Elle regarde la couverture au crochet sur son lit, ses livres d'école, la petite coupe en porcelaine blanche dans laquelle elle range ses élastiques et ses barrettes. Elle se met à genoux et demande pardon, sans savoir à qui elle s'adresse.

Le Serpent a trouvé un filon. Il commande et elle rapporte. La liste s'allonge. Bières, piles, briquets, chips, huile de moteur, clé anglaise, saucisson, cacahuètes. Anna s'est juré de ne plus voler ses parents. Elle marche des kilomètres jusqu'au supermarché. Elle titube et son cœur promet de s'arrêter lorsqu'elle glisse les objets dans sa veste, mais personne ne soupçonne l'enfant frêle, c'est à croire qu'elle est invisible.

Le Serpent est content. Il tape dans le dos d'Anna : T'es pas bien avec nous ?

Il prétend que c'est leur protégée, leur préférée, leur poupée. La poupée pisseuse.

Quand enfin un premier vigile l'arrête, parce que la commande est trop importante et qu'une bouteille de vodka s'échappe de sa veste, elle se sent soulagée. Il l'emmène derrière le magasin, lui embrasse les seins, lui met les doigts dans la chatte et lui dit, dégage, et que je ne te revoie pas.

Le ciel se drape de noir au moment précis où Anna gare sa voiture. Elle lève les yeux, le soleil a presque disparu. Quelque chose lui semble inhabituel, la courbure des plantes, les gémissements qui s'élèvent depuis la pinède. Elle n'aime pas ce qu'elle ressent. Elle n'aime pas cette journée, de toute façon. Le vent lui arrache pratiquement des mains la portière, lui coupe le souffle, l'éclabousse d'une terre sèche et grise qui pénètre entre ses dents, sur sa langue. Elle pense à un crachat. Elle s'essuie la bouche du dos de la main et baisse la tête pour progresser jusqu'à l'entrée, bras en armure pour protéger son visage, au corps-à-corps avec les bourrasques. Alors qu'elle engage la clé dans la serrure, un immense éclair illumine la colline, lui laissant le temps d'apercevoir le laurier-rose qui gît sur la terrasse. Déjà, de larges gouttes mouillent ses cheveux, s'écrasent sur son front, son nez, ses joues. Elle referme la porte, étourdie, et s'avance jusqu'à la baie vitrée du salon. On distingue à peine la mer du continent : le paysage au loin est plongé dans une ombre mauve et mouvante, irréelle, hypnotique, qui contraste avec les rugissements du tonnerre et le froissement animal des roseaux. Ici, les tempêtes les plus violentes ne surviennent qu'à l'automne ou en hiver, l'orage se calmera bientôt, se persuade-t-elle. Son téléphone vibre dans le sac de toile qu'elle porte en bandoulière, signalant un message, mais elle se souvient qu'elle a laissé la fenêtre ouverte dans sa chambre et monte l'escalier quatre à quatre. Quelques secondes ont suffi à la pluie pour forcir, elle se déverse à présent sur le toit avec la régularité effrayante d'une arme automatique. Anna laisse échapper un juron en découvrant le spectacle. L'eau s'est infiltrée dans la jointure du mur, formant un rideau fluide qui s'étale sur le sol et inonde la moquette jusqu'au panier tressé posé au pied du lit, dans lequel elle range ses livres. Elle ferme la fenêtre, mais celle-ci n'est pas en cause : les rafales ont dû soulever des tuiles et elle n'a aucun moyen de colmater la fuite. Elle court prendre des serpillières, des torchons, une bassine, revient s'agenouiller, éponge autant qu'elle peut, remplit la bassine, court encore pour la vider, se tord la cheville, se remet au travail malgré la douleur. L'eau gagne du terrain, envahit le couloir, se glisse dans chaque interstice, sous les portes, entre les lames du parquet, si seulement Hugues était là, pense Anna, et soudain sa solitude lui saute à la figure.

Elle s'arrête d'éponger, fixe le flot continu qui dévale l'escalier, poursuivant son œuvre de destruction. Des mots se heurtent en elle, qui parlent de choix, de menace, d'empêchement, de bataille, de fuite, de fuite en avant, de noyade et de bateau coulé et c'est un autre torrent, invisible, impalpable qui la submerge. Elle se voit comme transportée au-dessus d'elle-même, à genoux, la robe détrempée, elle voit son corps abandonné, vaincu, elle voit sa résignation. Cette image l'éperonne. Elle se relève et constate que la pluie s'amollit, le cliquetis sur le toit a diminué. Elle prend son téléphone pour appeler Hugues mais s'interrompt en lisant sur l'écran le bref message de son mari : il la prévient qu'il dînera dehors, *c'est pour le boulot*. Elle repose l'appareil. L'orage s'est éteint, il aura duré un quart d'heure. Le silence est revenu dans la maison ; un calme triste se rétablit dans son esprit. Elle respire profondément, ouvre en grand portes et fenêtres pour créer des courants d'air, éponge le surplus d'eau qui stagne encore. Le boulot, a écrit Hugues. Elle avait l'idée, en rentrant, de déboucher une bonne bouteille : il faudrait au moins ça pour lui raconter sa visite du jour et les confidences déconcertantes de Léo, pour décider ensemble de la suite à donner à cette folle demande. Sur la route, elle a réfléchi aux tournures de phrase qu'elle emploierait pour lui épargner le choc qu'elle a éprouvé, pour qu'il accoste en douceur sur ce nouveau rivage. Il en veut déjà tant à son fils. Elle aussi est en colère, mais elle reste convaincue que leur famille doit demeurer soudée pour sortir de la tourmente. Pour cette raison, elle ne doit rien cacher de ce qu'elle a appris. Et puis il y a ce détail important qui pourrait conduire Hugues à modérer son jugement : Tim aussi fume de l'herbe, cela prouve que ce n'est pas si grave ! Peut-être Léo dit-il vrai lorsqu'il prétend que tout le monde fume, enfin, que tous les jeunes fument, que c'est une affaire de génération ?

Hugues aura déjà dîné : il ne prendra donc pas de vin. Anna s'assied dans la cuisine, les yeux rivés à la cave de service. Elle se rend compte qu'elle n'y a jamais posé la main, sauf pour en nettoyer la vitre. Le vin n'est pas l'affaire des femmes, c'est sans doute un des rares codes communs à ses deux vies. Elle a vu son père choisir les bouteilles (des piquettes qu'il vendait à l'épicerie, dont certaines portaient des noms pompeux), puis son beau-père et son mari ont pris la suite (des grands crus classés, exclusivement). Les hommes choisissent, ouvrent et servent, les femmes patientent, et si on les oublie, elles sont réduites à prier qu'on veuille bien leur remplir leur verre. Une manière de souligner leur invisibilité et leur inféodation, pense subitement Anna.

Elle se souvient avoir consulté les règles de savoir-vivre lorsqu'elle a rencontré sa future belle-famille. Elle devait faire la meilleure impression possible. Elle a appris qu'il est interdit de couper la salade avec son couteau, que les fourchettes se placent dents contre la table, que le thé se sert dans des tasses de porcelaine ou de céramique et qu'une femme ne porte pas de montre lorsqu'elle est en tenue habillée. Ces règles, aussi absurdes soient certaines d'entre elles, ne la dérangeaient pas. Au contraire, elles la rassuraient. D'où Anna venait, le monde n'était pas régi par des règles mais par la loi du plus fort, et le plus fort contrôlait par la peur. Les règles apparaissaient comme des balises sur son chemin, une rampe à laquelle elle pouvait se tenir pour grimper plus vite.

Lorsque Hugues entre dans la pièce, c'est la première chose qu'il voit : Anna enfoncée dans le canapé, un verre de vin rouge à la main. Il est déjà tendu, échauffé par la conversation qu'il a eue plus tôt, et voilà qu'il trouve sa femme en train de picoler. Il attrape la bouteille. Un Château Haut-Bailly de 2010. Putain.

— Tu es malade, gronde-t-il. Qu'est-ce qui t'a pris d'ouvrir ça ? Ce sont des bouteilles que je garde pour les grands dîners, les occasions spéciales, tu as une idée de ce que ça vaut ?

Un instant, elle se sent à nouveau une petite fille idiote, une connasse. Elle cherche ses mots.

— C'est une occasion spéciale, enfin, je crois.

Il change d'expression.

— Léo va être libéré ?

Le quiproquo la plonge plus profondément dans le malaise. Elle ne sait plus par où commencer.

— Non, ce n'est pas ça. Je l'ai vu cet après-midi…

— Et alors ? Elle est où, la bonne nouvelle ?

Il ne s'en remet pas. Une bouteille à plus de cent euros. Sélectionnée pour briller et flatter ses invités. Il ne manquait plus que ça.

— Assieds-toi Hugues, s'il te plaît.

Il ôte sa veste d'un geste rageur. Ça part mal, pense Anna. C'est sa faute, c'est vrai, après tout, elle n'avait pas à ouvrir cette bouteille. Cette erreur va compliquer la conversation, obscurcir le jugement de son mari. Ses doigts griffent le tissu de sa robe, s'accrochent à la maille humide.

— Il y a eu une tempête, un orage terrible.

— Je suis au courant, merci.

— Je n'avais jamais vu ça. Il y a une fuite énorme au niveau du toit, c'était l'inondation.

— Ah je vois. Donc, c'est ça, la grande occasion ? Un problème de toiture ?

Tout s'emmêle en Anna. Qu'est-il advenu de ses forces tranquilles ? De son aptitude à redresser la barre en toutes circonstances ?

— Bien sûr que non… Mais… C'était difficile d'affronter ça seule. Et puis le parloir cet après-midi, c'était… Il faut que je te dise… Il a fallu encaisser… Et une fois ici, toute cette eau, les dégâts dans notre chambre… C'est… C'est beaucoup.

Au moment où elle prononce ces mots, *les dégâts dans notre chambre*, elle pense, les dégâts dans notre couple. Elle le regarde, il a les joues rouges, les lèvres gonflées. Il a bu, mais elle ne voit pas dans ses yeux le sourire que l'alcool y dépose d'ordinaire. Elle ne voit plus celui qu'elle a rencontré et aimé, charmeur, drôle, conciliant, elle voit un homme sec, distant et sarcastique.

— Que s'est-il passé au parloir ? Je te serais reconnaissant de faire une phrase complète. Sujet, verbe, complément, tu crois que tu peux y arriver ?

— Ne me parle pas sur ce ton s'il te plaît, murmure-t-elle. Ça me blesse.

Il se laisse choir sur le fauteuil qui fait face à Anna. Il est touché, à la fois parce qu'il observe, comme elle, la dérive de leur embarcation, mais aussi parce qu'il refuse l'image qu'elle lui renvoie. Il n'est pas un homme qui blesse. Il est un homme qui se débat, putain, un homme qui fait ce qu'il peut et Dieu sait s'il est seul lui aussi.

Et puis merde, pense-t-il.

Elle reprend son souffle.

— Léo m'a avoué qu'il fume. De l'herbe.

— Tu m'en diras tant, rétorque-t-il, provocateur.

— Mais il paraît qu'ils fument tous, s'empresse-t-elle d'ajouter. Tous ses copains du lycée. Tim aussi.

Il desserre à peine la mâchoire pour lui répondre.

— Sans blague. Ses clients au fait, pas ses copains.

— Qu'est-ce que tu racontes ? Je te parle de Tim !

— Et moi, ma petite, j'ai dîné avec Géraud.

Elle pose son verre, ébranlée par l'uppercut. Hugues a dîné avec Géraud.

Hugues l'a appelée : ma petite.

— Alors ton scoop, poursuit-il, je le connaissais déjà, mais avec des détails qu'apparemment, toi tu ignores. Ton fils fournit tout le lycée. Ton fils est un dealer.

Il se met à hurler.

— Putain j'ai honte, honte !

C'est la deuxième fois qu'il emploie ce terme à propos de Léo. Ce n'est pas qu'elle tienne une comptabilité, mais le mot résonne si fort en elle qu'il s'imprime aussitôt dans son être comme une scarification. Dieu sait comment, elle trouve la force de se rebeller.

— Donc, tu crois Géraud sur parole ? Géraud, qui nous a menti sur la présence de Tim lors des événements ?

— Mais que sais-tu de la vérité, ma pauvre Anna ! Comment peux-tu affirmer que ce n'est pas Léo qui déforme l'histoire ? Sors un peu de ton rôle de mère, putain. Essaie de t'en tenir aux faits. Qui a tapé sur un flic, images à l'appui ? Qui est en taule à l'heure qu'il est ? Qui t'a caché qu'il fumait jusqu'à aujourd'hui ? Au passage, je me demande pourquoi il t'a balancé ça, justement cet après-midi. Monsieur avait des remords ? Un besoin urgent de soulager sa conscience ?

— Tu as vu Géraud… Tu l'as vu, tu as dîné avec lui, sans me le dire, ressasse Anna. Après ce qui est arrivé… Alix qui m'a raccroché au nez…

— Je l'ai vu, oui. Je collabore avec lui, tu te souviens ? Ou tu as préféré l'oublier ? Il a une participation dans le futur restaurant bio de l'Abbaye, il est consultant sur ce projet, MON projet, le projet d'une vie, Anna. Qu'est-ce que tu t'imaginais ? On avait cette réunion de chantier qui était programmée et ensuite, figure-toi, il m'a invité. Il était emmerdé, mets-toi à sa place une minute. Après que Tim leur a raconté ce qu'il savait, il a dû garder ça pour lui. Et Alix, pareil. Ils se sont tus, par égard pour nous. Pour nous protéger.

Il débite ses phrases, et c'est une nouvelle inondation qui submerge Anna. Hugues prétend qu'ils se sont trompés sur leur propre fils, bien trompés. Ils se sont fait avoir, de vrais idiots, voilà ce qu'il dit. D'où Léo peut-il tenir cette fourberie, ce goût pour la malhonnêteté ? À ce qu'il sache, ils n'ont pas donné cet exemple ? Leur fils est un petit délinquant, voilà. Il n'a pas été incarcéré pour ce motif, mais ce n'était sans doute qu'une question de temps. Ah, elle va avoir de la gueule, l'enquête de personnalité. Et nous, de quoi on aura l'air quand tout le monde saura. La honte.

— Arrête, supplie Anna.

— Je n'ai pas mérité ça. Il a tout eu, ce gosse. Une enfance pourrie gâtée. Le Club. Les vacances. La moto. Les sorties en bateau. Il avait l'air malheureux ?

— Il l'est maintenant, en tout cas. La prison, c'est dur, Hugues. Il tient bon, mais il tient par un fil et il a besoin d'aide, quoi qu'il ait fait.

— Ça le regarde. Encore heureux qu'il paie pour ses conneries. Avec de la chance, ça lui passera l'envie de récidiver. Et au fait, samedi, le parloir, ce sera sans moi. Les mensonges, j'en ai eu ma dose.

Il se lève, ramasse sa veste. Avant de s'engager dans l'escalier, il décoche une dernière flèche.

— C'est ce que tu voulais me dire ? La prison, c'est « dur » ? C'est pour ça que tu as jugé utile de déboucher un Haut-Bailly de 2010 ?

Anna le contemple qui monte en frappant les marches de toute sa hargne. Elle cherche à analyser ce qui vient de se produire, à trier les faits et les présomptions, mais son cerveau se cabre, il lui semble que le décor autour d'elle se déforme, que son cœur ralentit.

Elle secoue la tête pour échapper à l'hallucination, s'extrait avec lenteur du canapé, se rend sur la terrasse couverte de feuillages arrachés par le vent, redresse le laurier-rose. La plus grande branche, cassée, forme un angle droit.

— Je suis désolée, souffle-t-elle, comme si l'arbuste pouvait l'entendre. Je suis désolée d'avoir à faire ça, de t'enlever ce que tu avais de plus beau.

Et saisissant un sécateur, elle coupe avec soin, malgré sa main tremblante.

La fraîcheur offerte par l'orage a été de courte durée. Dès l'aube, le soleil a relancé ses filets : la colline tout entière exhale un parfum mélangé de résine et de terre mouillée, d'herbes aromatiques et de lavande. Lorsque Hugues se réveille et ouvre les volets, il découvre Anna sur la terrasse, étendue sur un transat, les yeux clos, les mains jointes sur son abdomen, les jambes légèrement écartées. Une mèche de ses cheveux se soulève par instants et cette image le renvoie à leur voyage de noces, ils s'étaient endormis sur la plage le premier soir, cela lui avait paru fou, dormir à la belle étoile, tout habillés. Simplement dormir : ils n'avaient pas fait l'amour, le sexe était compliqué avec Anna, elle était d'une pudeur exagérée, elle sursautait dès qu'on posait la main sur sa cuisse ou son sein, c'est un aspect qui l'avait un peu effrayé au départ, puis il avait pensé qu'elle manquait d'expérience et il avait aimé l'idée qu'il était, sinon le premier, l'un des rares à avoir pénétré ce corps. Il était fier de l'avoir séduite. Elle n'était pas seulement belle,

elle avait de l'allure, elle posait ses mots et ses gestes avec une même élégance, elle était la perfection incarnée. Lorsqu'il avait rencontré ses parents et découvert qu'elle venait d'un milieu bien différent du sien, il s'en était émerveillé, ce lys poussant sur le gravier, c'était extraordinaire. Il avait rassuré sa propre famille qui se montrait inquiète des conséquences d'une mésalliance et gênée par la perspective d'avoir à côtoyer ceux que l'on nommait du bout des lèvres « ces braves gens », à qui « on ne voulait aucun mal » : Anna elle-même aspirait à prendre de la distance, au point que les Lacourt ne seraient pas invités au mariage. Quelques années plus tard, Hugues s'était lancé, à propos du sexe, il l'avait interrogée avec précaution, elle continuait à sursauter et exiger qu'ils aient des relations intimes dans le noir absolu, des relations qui étaient strictement les mêmes d'une fois sur l'autre, pas de préliminaires, position du missionnaire et basta. Il se sentait idiot lors des verres pris entre copains, quand la conversation dérivait sur ce terrain – et elle y dérivait toujours, car au fond ils ne parlaient que de ça, de cul, sous couvert de bonnes blagues, et se définissaient indirectement par leurs conquêtes et leurs prouesses. Hugues laissait entendre qu'il vivait des moments torrides pour préserver sa dignité, puis il rentrait ivre, avec le sentiment d'être misérable. À ses questions, Anna opposait un silence farouche. À vrai dire, elle était incapable de fournir la moindre explication, de s'engager à la moindre promesse, le sexe était peut-être la seule chose qu'elle ne dompterait jamais, c'était une bataille perdue d'avance, quelque chose qui avait à voir avec l'instinct et la peur, une digue rompue impossible à reconstruire, un effondrement impossible à réparer.

C'est à cette époque que l'amour d'Hugues avait commencé à s'éroder, se modifier sans qu'il en soit conscient. Il était inconcevable de remettre en cause son couple. Il avait choisi, épousé Anna, elle était devenue la mère de son fils et depuis lors, il en dépendait. Elle était celle qui régissait son univers – et il fallait l'avouer, avec brio. L'amour s'était fondu en un mélange d'admiration et de nécessité et il s'était résigné à prendre ce qu'elle voulait bien donner.

Elle se retourne sur le transat, encore somnolente, dévoilant sa culotte de coton. Il tressaille. Le souvenir de la lune de miel a disparu. Demeure une femme, la sienne, qui a dormi dehors dans une position qui lui semble soudain inconvenante. Ou pire, vulgaire. À cette heure-ci, d'ordinaire, elle est déjà à l'œuvre dans la cuisine, le café est prêt, les oranges pressées. Il hésite à la réveiller, renonce, le sujet de Léo surgirait forcément, ce sujet qui l'insupporte, le consterne, le dégoûte, cela tournerait à la dispute, or il lui faut maintenir une paix relative : la présence d'Anna à ses côtés lui sera indispensable le lendemain soir, lors d'une remise d'insigne à un ami – l'architecte qui a rénové l'Abbaye est élevé au grade de commandeur des Arts et des Lettres.

Il se douche, s'habille, descend dans la cuisine, se prépare un expresso. Il griffonne sur le bloc-notes dans un style télégraphique : « cérémonie Joulhiet demain récupérer costume pressing merci bonne journée ». Il s'éclipse sans bruit, il a hâte de partir, retrouver son bureau, ses dossiers, hâte de se concentrer sur autre chose que sa débâcle familiale.

C'est la chaleur, incisive, qui tire Anna de son sommeil. Son crâne, son front, sa jambe droite sont brûlants. Des marques rouges apparaissent çà et là, formant une étrange géographie. Elle se redresse, hagarde. Elle peine à comprendre pourquoi elle se trouve ici, sur sa terrasse, vêtue de sa robe de la veille. Peu à peu, les fragments se rassemblent, elle se souvient qu'elle est venue relever une plante. Elle retrouve la vision de la terre et de l'eau confondues dans la nuit, cette nappe sombre qui l'a aimantée. Elle a préféré rester là, dans cet espace qu'elle aime tant, d'où, en tendant l'oreille, on croit parfois entendre le grondement sourd de la mer. Elle s'est imprégnée du silence, espérant contrebalancer la bataille qui se jouait en elle. Ces accusations graves portées contre son fils. S'était-elle trompée sur son compte ? Elle sait depuis toujours que chaque être humain porte en lui d'indicibles secrets. Il lui arrive parfois, lorsqu'elle marche dans la rue, d'être piquée par cette idée et de ne plus penser qu'à cela, à chaque visage croisé : quel secret portes-tu, toi, et toi aussi, et toi encore. Quelle honte, quel crime, quel mensonge ? Ces masques au poids variable, personne ne les ôtait jamais entièrement, elle en était persuadée. Jusqu'à sa mort, chacun conservait sa part d'inavouable, qu'il s'agisse de se protéger ou de protéger autrui, qu'il soit victime ou coupable. Son fils n'échapperait pas à cette loi immuable. Elle a réexaminé les éléments. La violence qu'elle n'avait jamais décelée chez Léo. Son aveu : il fumait de l'herbe, soit. De là à en vendre ! Elle ne pouvait s'y résoudre. À moins que. Et même si. Elle balançait d'un côté puis de l'autre, dévastée, sans jamais pouvoir trouver l'équilibre. Quant à cette requête qu'il avait formulée, ces médicaments ! Si Hugues venait à l'apprendre, il y verrait la preuve de ce qu'il avançait. Pourtant, ces marques de coups, ces yeux tristes et fuyants, tout cela ne mentait pas. Elle, plus que quiconque, pouvait discerner les vibrations que l'on émet lorsqu'on est acculé : son fils était dans les cordes et organisait sa survie. Il s'était adressé à sa mère parce qu'il n'avait aucune alternative. Voilà ce qu'elle croyait. Mais des médicaments stupéfiants ! Des substances surveillées par l'Administration comme le lait sur le feu, soumises à des procédures rigoureuses ! Elle devrait sortir de l'armoire sécurisée ces médicaments périmés, altérés ou rapportés par les patients, qu'elle stockait dans l'attente de leur destruction – une destruction encadrée par des règles strictes, sous le contrôle d'un pharmacien témoin dûment nommé par le Conseil de l'Ordre. Elle devrait falsifier le registre sur lequel ils étaient consignés. Non, vraiment, ce serait une folie, avait-elle pensé. Mais le penser, n'était-ce pas déjà l'envisager ?

Après tout, matériellement, rien ne l'en empêchait. Étant pharmacienne titulaire, elle seule détenait la clé de l'armoire. C'était elle aussi qui remplissait le registre, souvent avec retard : ce sac par exemple, déposé la veille par une cliente fidèle et dans lequel se trouvaient deux boîtes d'oxycodone, n'était toujours pas trié. Mais le risque ? L'enjeu, si l'on apprenait qu'elle détournait des médicaments de cette catégorie ? Non seulement elle encourrait une suppression de son droit de visite à Léo, mais elle subirait une suspension immédiate du Conseil de l'Ordre. Elle serait traînée en justice et on lui interdirait d'exercer. Que deviendrait-elle ? Comment rembourserait-elle ses deux emprunts, contractés auprès de la banque et de ses beaux-parents ? Elle perdrait tout, son mariage à l'évidence, mais aussi son unique source de revenus et surtout cette stature qu'elle avait mis si longtemps à construire. Elle serait contrainte de déménager, vivre de rien, puisque rien ne lui appartenait. Elle retournerait à la pauvreté d'où elle s'était extraite avec tant d'efforts, et à son cortège de monstres.

Une remarque de Rosalinde lui était subitement revenue : lorsque Anna s'était étonnée que la jeune femme ne choisisse pas le train précédent, un train qui lui aurait permis d'arriver avec une avance confortable à la maison d'arrêt et d'éviter la course folle dans la fournaise, Rosalinde avait répliqué : c'est quatre euros de plus. Anna ignorait ce que pouvait bien contenir son porte-monnaie. Quatre, huit, dix euros ? Elle ne comptait pas les pièces comme le faisait autrefois sa mère, centime par centime, un torchon blanc étalé sur la table, formant ces pauvres colonnes de cuivre qu'elle finissait par détruire d'un revers de sa main déformée. Ce souvenir avait achevé d'engendrer en Anna un vortex mental destructeur, et peuplé de mauvais fantômes ce qu'il restait de nuit.

À présent, elle se lève avec difficulté. Des courbatures la pincent, la mordent, des crampes se signalent, on pourrait croire qu'elle vient de courir un marathon ou de se battre sur un ring. Elle prend conscience de son état, de sa robe froissée, de son visage qu'elle devine maculé de traces noires. Une cloche lointaine la rappelle à l'ordre, déjà 8 heures, elle n'a plus le temps pour une douche mais se démaquille et remaquille avec soin.

La voici prête à partir, pressée de retrouver la pharmacie et fuir cette faille vertigineuse qui cherche à l'aspirer.

La dernière chose qu'elle voit avant de refermer la porte, c'est la convocation de son fils aux épreuves du bac, posée sur la commode.

Ils se sont préparés l'un à côté de l'autre dans la salle de bains, lui nouant sa cravate, elle ses cheveux, veillant à ne pas s'effleurer. Ils sont désormais deux murs de glace séparés par un abîme, mais qui s'en douterait ? À peine sortis de leur voiture, ils sont à nouveau les Gauthier, cette entité bourgeoise avenante aux contours parfaitement dessinés.

La cérémonie se déroule dans la salle de réception du musée d'art contemporain de la Ville, un vaste bâtiment cylindrique de béton coloré conçu par le héros du jour. En arrêt sur le seuil, Anna parcourt du regard la pièce immense. Il y a là une centaine d'invités, le gratin de la région, un chanteur célèbre, le député et deux ministres dont l'un procédera à la remise de décoration. Hugues se faufile avec adresse entre les invités, il est dans son élément, y puise une énergie vivifiante, se transforme et se déploie à chaque accolade, à chaque embrassade.

Pour une fois, Anna ne l'a pas suivi. Lors de ce genre de soirée, ils ne se quittent pas d'un pouce : à la manœuvre, il fait ce qu'il sait faire, parler, plaisanter, flatter ses interlocuteurs et elle se contente d'appuyer ses propos, de rire aux éclats, d'être l'épouse en somme, puisque c'est l'attendu. Mais ce soir, elle le laisse s'éloigner. Elle demeure immobile, fixant le miroir qui orne la double porte dans l'espoir de vérifier qui elle est, et si elle est réellement en droit de se trouver ici. Les discours débutent, nombreux, lénifiants, gonflés de glorifications abusives à l'égard du récipiendaire. Anna aperçoit Hugues qui s'agite, se retourne et s'agace. Elle se souvient soudain qu'il tient à lui présenter l'architecte. Il espère consolider sa relation avec cet homme dont le nom est connu au-delà des frontières et a prévu de l'inviter à dîner. Par respect du secret professionnel, Anna n'a pas révélé à son mari qu'ils ont déjà fait connaissance, du moins d'une certaine façon, l'architecte est venu à la pharmacie à l'issue d'une de leurs réunions concernant l'Abbaye. Il y a fort à parier que Joulhiet ignorait qu'elle était la femme d'Hugues, sans quoi il ne lui aurait pas tendu, par deux fois, une ordonnance de Viagra. Cette pensée inopinée la déride un instant. En théorie, la situation pourrait engendrer un de ces moments gênants, mais en vérité, Anna ne craint aucun malaise : à chacune de ses visites, Joulhiet était pendu au téléphone et il a empoché ses boîtes de médicaments sans s'intéresser à son interlocutrice.

Le ministre épingle la médaille sous les applaudissements d'un auditoire soulagé. Anna s'avance prudemment dans la foule tandis que de larges panneaux s'ouvrent sur les côtés, libérant une nuée de serveurs chargés de plateaux d'amuse-bouche et de flûtes de champagne.

— Voyons, qu'est-ce que tu fais, tu rêvasses ?

Hugues a surgi derrière elle, il la prend par la main, la conduit près de Joulhiet, Mon cher Renaud, voici ma femme Anna, l'homme la dévisage, tout ce qu'il voit c'est une jolie brune au visage resté poupin malgré une quarantaine d'évidence bien tassée, il la salue avec une cordialité excessive mais classique, Hugues parle de dates, de leur terrasse avec vue, du pêcheur qui lui fournit des homards d'une qualité exceptionnelle, on les grillera au barbecue, et là, il a touché un point faible, Joulhiet adore le homard grillé, il possède dans sa cave, annonce-t-il d'un air gourmand, un Chassagne-Montrachet qui s'accordera à la perfection avec ce roi des mers. L'architecte jette un œil excité par-dessus l'épaule d'Anna, fait un signe de la main, Hé, Géraud, viens donc par ici, on parle homard et barbecue ! Anna frissonne, Géraud et Alix sont là, à quelques centimètres d'elle. Ils l'embrassent comme si rien ne s'était passé et Anna se laisse embrasser, respire le parfum d'Alix, un parfum qu'elle lui a offert pour son dernier anniversaire, c'est un effort surhumain qu'elle produit, mais elle tient bon car elle pressent qu'une part de son avenir pourrait se jouer ici et maintenant. Hugues fond sur l'occasion, elle est trop belle :

— Eh bien, on va le faire tous ensemble ce dîner !

Anna et Alix échangent un regard furtif. Anna cède la première, fait mine de chercher quelqu'un dans la salle, profitant qu'un bras tend un plateau de canapés au milieu du petit groupe.

— Ah mais, ça alors, bonjour ! lance la serveuse.

Et comme Anna ne réagit pas, la serveuse insiste : Allô, il y a quelqu'un ?? C'est moi !

Il lui faut un certain temps pour reconnaître Rosalinde, qui ne ressemble plus du tout à la Rosalinde qu'elle prend à son bord sur le chemin de la prison, mais pourrait passer pour une invitée, vêtue de ce costume sombre et bien coupé fourni au personnel – si ce n'était cet accent vulgaire.

Le sang d'Anna se fige. Elle se tourne vers Alix mais celle-ci est occupée à écouter Joulhiet qui la complimente sur les dernières extensions de l'hôtel, alors d'un geste, elle intime à Rosalinde l'ordre de dégager d'ici, parce qu'ici elles ne se connaissent pas, parce qu'il est hors de question que quiconque puisse les associer ce soir, et Rosalinde comprend immédiatement, elle n'est pas surprise, à peine déçue, elle contemple Anna prise au piège, paniquée, elle éprouverait presque de la pitié, mais c'est du mépris qui lui vient et elle repart avec son plateau dans la direction opposée.

Déjà, Hugues et Géraud escortent Joulhiet vers le député. Alix s'approche d'Anna encore pétrifiée, arborant un large sourire compassionnel. Elle lui souffle qu'elle est navrée pour ce qui est arrivé, il faut la croire, elle aurait aimé pouvoir l'aider mais elle a dû protéger son enfant, c'est ce que font toutes les mères, n'est-ce pas ? Elle espère tant que Léo sortira de ce mauvais pas ! Il n'est pas le premier à avoir commis des erreurs de jeunesse, quant à elles, c'est certain, elles dépasseront cette épreuve. Après tout, c'est ce que font les véritables amies : elles oublient les mauvais souvenirs et ne conservent que les meilleurs.

Au mois de mars de son année de troisième, Anna Lacourt sollicite un rendez-vous avec le conseiller d'orientation. L'homme est surpris, la gamine n'a jamais voulu voir personne, bien qu'à plusieurs reprises, le professeur principal, les surveillants, l'infirmière scolaire lui aient proposé de la recevoir, s'inquiétant de sa solitude, de sa pâleur, de ses bâillements répétés, des marques sur ses poignets, de sa manière de se tenir accroupie dans les coins lors des récréations. Les parents ont été contactés, ils se sont présentés devant le directeur sans saisir ce que l'on attendait d'eux. Anna avait de bonnes notes, ne dérangeait personne en classe, et puis c'est devenu limpide : on les soupçonnait de maltraiter leur fille. Le père s'est emporté, il n'appréciait pas qu'on le mette en cause, il avait des valeurs, qui se nommaient travail et honnêteté. Il aimait sa fille malgré son tempérament renfrogné et craintif, mais il n'allait sûrement pas suivre cette nouvelle mode de l'enfant roi, il fallait paraît-il les embrasser à tout bout de champ et se précipiter pour les soigner au premier bobo, ce n'était pas de cette façon qu'on les préparait à la vie, la vie était dure, peut-être pas pour le directeur, mais pour les gens comme eux, qui venaient d'où ils venaient, la vie était une belle salope qui ne tenait jamais ses promesses. Il a admis avoir flanqué quelques torgnoles lorsque Anna était plus jeune, quel père n'en faisait pas autant ? Le directeur s'est excusé, il a conclu à la crise d'adolescence. Après tout, il voyait ça régulièrement, des gosses au comportement rebelle ou absurde (quoique cette manie de s'accroupir dans les coins comme une bête fût une nouveauté). Au moins Anna n'avait pas décroché, elle travaillait avec sérieux.

Au conseiller, Anna demande comment se déroulent les affectations au lycée, si elle peut changer de groupe scolaire. Il lui explique que les élèves sont sectorisés, on les rattache à un établissement près de chez eux pour leur éviter les transports, alors à moins d'étudier une langue rare, elle sera inscrite ici jusqu'à la fin de sa terminale. Anna le remercie poliment. Plus tard, au moment de remplir sa fiche de vœux, elle coche la case « Russe 3e langue ». Elle imite une première fois la signature de ses parents, puis une deuxième fois sur le formulaire envoyé par le rectorat. Ce n'est pas si simple, la signature de sa mère en particulier est une sorte de gribouillis complexe à l'image de sa personnalité complexée et soumise, mais Anna s'est entraînée, et quand bien même la signature serait approximative, qui se souciera de sa validité ?

Début juin, elle reçoit la confirmation qu'elle sera envoyée dans un lycée situé à vingt-cinq kilomètres de là. Elle doit lutter pour déguiser son émotion. Son père, au contraire, entre dans une colère épouvantable. Du russe ? À vingt-cinq kilomètres ? Où va-t-on trouver l'argent pour payer les transports ? Tout ça pour une langue que personne ne parle ! À moins qu'Anna ne compte se rendre à Tchernobyl pour vérifier l'état de la centrale qui vient d'exploser ? Dans l'ouragan de mots, Anna apprend la vérité sur la situation familiale : l'épicerie flirte avec la faillite. Il est question d'huissiers, de dette, de banquiers assoiffés. Les Lacourt étaient pauvres, et désormais, tonne le père, c'est la misère qui les menace. Il frappe le mur de ses deux poings. Il déclare qu'Anna devra travailler l'été pour compenser cette dépense supplémentaire. Il épluche les annonces, sollicite ses fournisseurs et ses clients, mais la loi ne permet pas d'employer à n'importe quel poste une fille de quinze ans – bien qu'Anna soit prête à récurer les égouts si cela lui permet d'échapper au Serpent. Il finit par trouver une place de vendeuse chez un glacier du centre commercial. Anna s'y rend un samedi de juillet, elle est accueillie par une jeune femme de vingt-cinq ou trente ans prénommée Sandrine qui l'examine de la tête aux pieds d'un air blasé, lui tend une blouse et une casquette dont les couleurs et les étoiles évoquent le drapeau états-unien, énumère les consignes – attacher ses cheveux en arrière, ôter bagues et bracelets, sourire, dire bonjour, au revoir et merci – et lui montre comment servir une glace qui semblera plus grosse qu'elle ne l'est en réalité. Elle s'interrompt, prend le visage d'Anna entre ses mains, ma petite tu es beaucoup trop pâle, on dirait un vampire, tu feras fuir les clients. Elle l'emmène dans l'arrière-boutique, sort de son sac à main un mascara, un fond de teint, un rouge à lèvres et un eye-liner, l'assied sur un tabouret, se met à l'ouvrage.

Lorsqu'elle a terminé, satisfaite, elle tend à Anna un miroir.

— Enfin, tu ressembles à quelque chose !

Anna Lacourt, c'est vrai, ne ressemble à rien, et c'est logique, en somme. Mais cette fille-là, avec ses paupières bleues, ses cils de faon et sa casquette rouge, cette fille ressemble aux héroïnes des films américains que le professeur d'anglais a projetés en classe cette année. Elle est magnifique et vivante – au contraire d'Anna, morte en dedans depuis belle lurette.

— C'est pour aujourd'hui ou pour demain, râle Sandrine. Il y a du monde !

Anna se risque lentement hors de la pièce. Derrière le comptoir, elle sert ses premiers clients, sourire, bonjour, au revoir, merci, sourire, bonjour, au revoir, merci. Elle constate que les gens sont gentils, les enfants joyeux, les garçons respectueux. C'est la porte d'un autre monde qui s'entrouvre. Anna, méfiante, ne s'y précipite pas. Elle doit d'abord apprivoiser cette part d'elle-même dont elle ignorait qu'elle existât. Sandrine lui enseigne les astuces, comment s'épiler les sourcils afin d'obtenir une ligne élégante ou appuyer la pointe de l'eye-liner pour intensifier son regard. Elle la persuade de se dessiner une longue frange, effilée sur les côtés, qui met en valeur la douceur de ses traits. Chaque matin vers 11 heures, lorsqu'elle enfile sa tenue et croise son reflet, Anna ressent un éclair dans le cœur, une défibrillation qui ranime ce qu'elle croyait perdu. Mais le soir venu, de retour chez elle, le visage nettoyé et l'uniforme plié, elle trouve sa mère occupée à compter la recette, son père maussade et fatigué, et tout cela lui apparaît n'être qu'un mirage fragile.

La véritable révélation se produit trois semaines plus tard. La boutique est située sous la verrière principale du centre commercial, près d'un espace de repos où plusieurs bancs s'offrent aux clients de passage. Souvent, des jeunes s'y retrouvent et tuent le temps en fumant une cigarette. C'est un jeudi après-midi, Anna vient de terminer sa pause. Elle complète avec soin les bacs, nettoie les bordures, vérifie la température. Lorsqu'elle lève le menton, elle le voit, assis là, à quelques mètres d'elle, collant une fille en blouson de cuir, tandis que ses éternels acolytes s'avancent vers le comptoir. Il leur crie sa commande, pistache-chocolat, supplément chantilly !

Anna cesse de respirer, mais curieusement, son corps poursuit sa mission. Sa bouche s'arrondit et articule les mots requis, bonjour, vous désirez ? Sa main s'empare de la cuiller à glace, ses épaules fléchissent pour lui permettre d'allonger le bras, elle forme les boules noires et vertes, les enrobe de crème fouettée. La sensation de mort est de retour, irradiant sa poitrine.

— Ce sera tout ?

Elle tend le cornet aux acolytes, se prépare à les entendre hurler. Regardez, c'est la pisseuse ! Elle pense à ces dernières semaines, ce goût d'une vie nouvelle, les blagues de Sandrine, ce rituel qu'elle s'est prise à aimer, *sourire, bonjour, au revoir, merci* parce qu'à chaque fois, elle a obtenu en retour un autre sourire, un *au revoir mademoiselle, bonne journée mademoiselle*. Elle pense que c'est la fin et une tristesse insondable l'accable, c'est la fin, oui, ils vont tout détruire de leurs rires narquois, ils voudront fêter ça, la pisseuse leur manquait depuis le début de l'été, elle avait disparu d'un coup, pfuit ! Mais ce soir, puisqu'ils l'ont retrouvée, ils l'attendront après son travail et l'emmèneront dans leur garage qui pue la peur, le sperme et la bière.

— Merci, lâche l'un d'eux en payant la commande.

Et il s'en va, comme s'il n'avait pas vu Anna, Anna au cœur arrêté, au souffle coupé, pas vu la pisseuse, comme si elle n'était pas Anna, et les autres saluent de la tête, et tous s'assoient près du Serpent, gloussent, se poussent du coude, s'ébrouent comme les gamins qu'ils sont sous leur peau de bourreau, ils s'amusent juste devant elle, jusqu'à ce que le Serpent se lève, c'est bon, on lève le camp dit-il, elle entend sa voix, cette voix sifflante qui la transperce, lui arrache les entrailles, le Serpent prend la main de la fille au blouson, son œil surfe sur la boutique, sur le comptoir, sur Anna, et c'est tout, il s'en va, et toute la bande s'en va.

C'est tout.

C'est TOUT.

— Hé, Anna ? la secoue Sandrine. Tu t'endors ou quoi ?

Ils ne l'ont pas reconnue.

Anna revient en elle avec lenteur.

— Qu'est-ce qui t'arrive, interroge Sandrine en rigolant, c'est quoi cette tête ? T'es touchée par la grâce ?

— Va savoir, répond Anna.

La porte de l'autre monde vient de s'ouvrir en grand, comme elle s'ouvre à ceux qui savent la puissance des rôles et des masques.

Elle ralentit sur la portion de route où, le mardi et le jeudi, elle prend à bord Rosalinde – elles réservent ces jours-là le même créneau de parloir, qui permet à Anna de repasser à la pharmacie et à Rosalinde d'être rentrée à temps pour aller chercher ses petites sœurs à la garderie.

Anna ne voit personne. Elle est très contrariée. Depuis la cérémonie de l'autre soir, elle se sent fautive (en plus de tout le reste) et s'en veut de son réflexe minable. Elle aimerait s'excuser auprès de Rosalinde, mais celle-ci a modifié son horaire pour l'éviter, Anna en est persuadée. À l'accueil des familles, elle interroge les bénévoles qui semblent bien connaître la jeune femme. On lui répond qu'on ne l'a pas vue et qu'on ne la verra plus : le père de Rosalinde a été transféré hier à cent cinquante kilomètres d'ici. Anna ignorait que Rosalinde visitait son père. Elle ignorait qu'il était condamné, en attente de transfert : en fait elle ignorait à peu près tout. Elle réalise qu'elle a fantasmé l'existence d'un lien spécial entre elles. Elle pensait compter pour Rosalinde parce qu'elle a daigné lui épargner un bout de chemin dans la fournaise. Elle voit à présent combien c'était injuste et stupide. Rosalinde n'a jamais rien partagé d'important avec elle et cette soirée au musée lui a apporté la preuve qu'Anna ne méritait rien d'autre.

Tout cela, Anna le comprend à l'instant. Elle perçoit l'accroissement du vide, en elle et autour d'elle.

Elle se reprend. Elle possède encore assez d'énergie et de volonté pour réorganiser ses priorités. Dans la file des visiteurs, sa robe blanche et ses sandales dorées, choisies pour l'occasion, forment une tache mouvante de lumière. Elle sourit aux surveillants en franchissant le portique. Elle sourit encore dans les couloirs, la salle d'attente et jusqu'à l'appel de son nom. Elle s'assure que la porte du box s'est refermée derrière elle pour se défaire enfin de ce masque qui lui a tant coûté. Elle se laisse choir sur la chaise, à la recherche d'une position qui soulagerait son dos – depuis la nuit de la tempête, il semble qu'un aigle immense a planté ses serres dans sa cage thoracique et fore sans relâche ses poumons.

— Maman…

À peine entré, Léo est frappé par l'expression abattue de sa mère.

— Maman… Tout va bien ? Tu es bizarre.

Elle regarde les bleus sur ses bras, la cicatrice qui barre son arcade sourcilière.

— Je dois savoir, Léo. J'ai appris… L'autre jour…

Elle s'interrompt. Qui est-elle pour exiger ainsi la vérité ? Qui est-elle pour juger ?

Mais Léo insiste, maman, je sens que quelque chose ne va pas, tu m'inquiètes, parle, et soudain tout jaillit, tout s'enchaîne, elle dit la scène qu'elle a eue avec Hugues, elle dit les accusations de Tim, celles de Géraud, elle dit sa stupéfaction et son désarroi.

Il est abasourdi.

— Tim prétend que je suis un dealer ?

Que son ami ait menti pour se protéger, Léo avait fini par l'accepter – et il avait trouvé une explication, la pression exercée par ses parents. Mais là, c'est une autre histoire, murmure-t-il. Anna le sent glisser vers la rage, elle voit l'étincelle qui s'allume, présage de l'embrasement, et cette lueur rougeoyante lui rappelle la violence qui sommeille en son fils.

— Putain.

Il frappe la table du poing. Elle remarque l'arrondi de son biceps, strié de vergetures. Cette vision la fige, la renvoie à son ventre et ses cuisses tailladés de routes blanchâtres et gonflées, à la naissance de Léo, et elle retrouve cette sensation de plénitude absolue lorsqu'on l'a posé entre ses seins, ces seins qu'elle a refusé ensuite de lui donner à téter (et on l'a traitée de mère égoïste, on lui a dit qu'à cause d'elle, son bébé attraperait toutes les maladies du monde), ces seins qu'elle a refusés également à son mari, comme elle lui refuse d'autres parties de son corps, comme elle refuse de prendre des positions que, paraît-il, tout un chacun pratique, et son mari le lui a reproché plus d'une fois, ce n'était pas une vie pour un homme, il avait des besoins, des désirs inassouvis, c'était une souffrance, il se sentait rejeté, diminué et elle en a éprouvé une grande et récurrente tristesse, à la fois de ne pas être à la hauteur sur ce point alors qu'elle l'était sur tous les autres, de ne pas le combler tout à fait, et aussi de se savoir à jamais une citadelle infectée qu'aucun amour, aussi fort soit-il, ne serait en mesure de guérir et de libérer – voilà pourquoi la plénitude ne pouvait être qu'inopinée et passagère, y compris durant la naissance de son propre enfant, la plénitude ici avait duré deux ou trois minutes et s'était évanouie, balayée par l'enchaînement des associations, des images, les seins, les mains, le cul, le trou, baisse ton pantalon connasse.

— Je ne suis pas un dealer, maman. J'ai acheté de l'herbe pour Tim, c'est vrai. Parce qu'il m'a supplié de l'aider, parce qu'il n'avait pas les couilles, ce petit merdeux, d'aller la chercher lui-même. Je lui ai rendu service. Je pourrais te montrer ses messages, c'est à peine codé, il me demande de lui prendre un paquet de copies quand je passerai au magasin, tu verras ça quand j'aurai récupéré mon téléphone. Des copies, putain. J'en prenais pour moi et j'en prenais pour lui, *that's it*. On ne parle de rien du tout, maman, quelques grammes par-ci par-là. Zéro bénéfice évidemment.

Il souffle.

— Ce fils de pute. Tu dois me faire confiance, maman.

— Je te fais confiance.

Elle pense à Géraud, il faut être sacrément méprisant pour imaginer que Léo ait eu besoin d'argent au point d'en venir à vendre de l'herbe. Elle pense à Hugues, terrifié à l'idée de perdre sa place parmi le cercle des initiés.

Léo marche de long en large d'un pas furieux, se heurtant aux parois du box.

— Le fils de pute, le fils de pute, le fils de pute.

Elle pense à la tirelire instituée lorsque Léo est entré au collège, dans laquelle il était convenu de mettre une pièce lorsque l'un d'entre eux prononçait un *gros mot*, cela avait duré quelques mois, puis Hugues et Anna avaient constaté que la tirelire demeurait vide, ils l'avaient jetée.

— Bordel, Tim.

Léo jure contre Tim, mais c'est à lui qu'il en veut. N'a-t-il pas toujours su que cette amitié comportait des limites ? N'est-il pas responsable de les avoir ignorées ? À la seconde où ils ont pénétré dans la cour du lycée, il est devenu évident que Tim en serait le roi. Tim était le *fils de*, Tim possédait l'assurance innée que confère l'argent lorsqu'il coule à flots, autour de lui on se pressait, on cherchait à lui plaire, on espérait devenir l'élu(e), la petite amie ou le meilleur ami – et on prétendait être une bande de copains égaux en droits et en devoirs, alors qu'une indéniable et pesante hiérarchie organisait les relations. Lorsque Léo avait décroché cette place de choix, celle du meilleur ami, il était implicite qu'elle comportait une servitude. Implicite aussi qu'il ne serait rien de plus, un simple satellite gravitant autour du soleil, et c'est sûrement pour cela qu'elle lui avait échu, les autres ne se seraient pas contentés de jouer les seconds rôles, mais à lui, cela paraissait correct, il serait le Sam de Frodon, le Robin de Batman. Il avait laissé Tim déguiser son sentiment de supériorité en générosité, usant et abusant du portefeuille parental. Il s'était retiré sans discussion lorsqu'une fille leur plaisait à tous les deux. Il avait exécuté sans broncher les corvées lorsqu'ils planifiaient ensemble une sortie : Léo achetait les bières, réservait les planches à voile, les nettoyait au retour pendant que Tim discutait de la force du vent avec le loueur. Les parents les regardaient avec un filtre attendri, ces deux inséparables, en évitant d'affronter la réalité : leurs enfants reproduisaient une comédie qu'ils avaient été les premiers à mettre en scène.

Léo a accepté tout cela parce que c'était l'ordre du monde, un monde dans lequel une place précise était assignée à chacun en fonction de sa position d'origine sur la grille sociale, il l'avait compris d'instinct, et aussi parce que les signaux qu'il recevait depuis son enfance lui indiquaient qu'il était déjà chanceux d'être assis à la table de plus grands que lui. Il était conscient d'être porteur d'une sorte de handicap, au travers de ses grands-parents maternels qu'il n'avait quasiment pas connus, mais qu'il savait être de petites gens. Il s'était soumis de bonne grâce aux règles du jeu. Il n'attendait en retour de cette relation inégale qu'une loyauté sans faille. Mais au lieu de ça, Tim le jette en pâture pour couvrir ses arrières, lâche la corde à la première secousse et le laisse s'écraser au fond du ravin, veillant à ce qu'aucune éclaboussure ne l'atteigne.

Sa propre naïveté effare le garçon.

— Léo, assieds-toi, soupire Anna. J'ai eu ton avocate au téléphone.

Elle sait qu'elle doit étouffer l'incendie, alors que ce qu'elle aimerait, au fond, c'est y verser des litres d'essence. Des litres d'angoisse, des litres de haine. Les épreuves du baccalauréat ont débuté. À l'heure qu'il est, ce petit salaud de Tim noircit sa copie. Il obtiendra son diplôme, partira en école de commerce, travaillera avec ses parents, les obstacles se lèveront devant lui et il finira par reprendre l'hôtel. Son destin est tracé, confortable, sans surprise, à moins d'un improbable accident à jet-ski ou en décapotable. La vie ne prête qu'aux riches, songe Anna, et pour les autres, c'est Sisyphe.

— Maître Hamadi prévoit la visite de l'expert courant juillet.

— Je suis au courant, maman. Ça ne sera pas un problème. J'ai déconné quelques minutes, mais je ne suis pas fou. Tu peux me dire, qui n'a jamais dérapé ?

Le juge a diligenté une expertise psychiatrique. Léo devra démontrer qu'il n'est ni violent ni dangereux. Pour le reste, le tableau est encourageant : le nom des Gauthier a disparu des banderoles. L'attaque de la gendarmerie, suivie de la destruction d'un péage et de la lapidation d'un pantin à l'effigie du président, ont fourni de nouveaux sujets aux médias et de nouveaux héros à la cause. La mobilisation est en baisse grâce aux premiers départs en vacances et aux examens de fin d'année des étudiants. En somme, rien ne devrait plus s'opposer à une libération – excepté un rapport négatif.

— Tu ne peux pas continuer à te battre ici, Léo. Tu ne peux pas te présenter au psychiatre avec des traces de coups, des avertissements, ou qui sait, des sanctions disciplinaires. Tu ne dois plus faire de vague.

— Maman… je fais ce que je peux.

Il tapote la table de l'index et du majeur, ses ongles sont rongés, les articulations de ses doigts rouges et gonflées.

D'un geste lent, Anna plonge la main sous sa robe et en sort une plaquette de médicaments.

— Huit comprimés d'oxycodone, dosés à 20 mg. C'est une grosse responsabilité pour nous deux, Léo. L'oxycodone peut entraîner une détresse respiratoire, et pire encore… C'est un médicament qui rend hautement dépendant, alors tu devras vérifier que la personne en a déjà pris, au même dosage… Et donner les comprimés un par un, d'accord ? Au compte-gouttes.

Léo est stupéfait. Sa mère a apporté de l'oxy.

— Et s'il te plaît… fais en sorte que personne ne sache…

— Je ne sais pas quoi dire maman… Je ne pensais pas que tu irais jusque-là. Vraiment. J'ai lancé l'idée au moment où elle m'a traversé et je l'ai regrettée aussitôt… Je te demande pardon… Il ne fallait pas… Tu as pris des risques dingues…

On dirait qu'Anna ne l'entend pas. Elle fixe les comprimés sur la table comme si elle s'éveillait et découvrait quelle indigne voleuse, quelle criminelle

elle est, elle qui a trahi sans vergogne son serment « *En aucun cas, je ne consentirai à utiliser mes connaissances et mon état pour corrompre les mœurs et favoriser des actes criminels/ Que les hommes m'accordent leur estime si je suis fidèle à mes promesses. Que je sois couvert d'opprobre et méprisé de mes confrères si j'y manque* ».

Mais après tout, pense-t-elle, en quoi est-ce une nouveauté ? N'a-t-elle pas déjà volé, menti, trahi ? N'est-elle pas depuis longtemps méprisable et couverte d'opprobre ?

Elle émet un son étrange, entre le rire et le hoquet.

— J'ai fait ce que je devais faire, répond-elle enfin. J'ai fait ce que font toutes les mères, Léo. J'ai protégé mon enfant.

Elle revêt son sourire de commande dès qu'elle pose un pied hors du box. Les surveillants suivent du regard cette jolie femme, souple comme un chat, qui leur souhaite une bonne fin de journée. Pour certains, c'est un souffle d'air frais dans cette chaleur de jungle, d'autres sont mal à l'aise, sa démarche aérienne et tranquille les renvoie au marais d'une existence chevillée à ces murs épais, aux tensions, à la peur et aux bruits, à la violence verbale ou physique, aux menaces, on sait où t'habites, tu verras ta femme, tes gosses, ta voiture ce qu'on va leur faire, chevillée aux repas pris vite fait entre eux, loin des cadres qui les évitent, à l'épuisement des horaires variables, aujourd'hui de 6 heures à 20 heures, demain toute la nuit, après-demain ce sera autre chose, tout ça pour un salaire pitoyable qui parfois conduit l'un des leurs à céder, à déconner, et celui-là passe de l'autre côté des barreaux, et le marais s'épaissit encore.

Ils la contemplent et ils pensent, eux qui ont signé pour ce boulot à reculons, parce que c'était ça ou rien, ou pire, ils l'envient et pensent que cette femme à l'allure légère et confiante a eu le choix.

Son premier geste, une fois assise dans la voiture, est de téléphoner à Hugues. Elle ne prend pas le temps d'allumer le moteur, peu importe si les sièges sont brûlants, si le cuir gratte la peau fine de ses cuisses, il doit savoir que son fils n'est pas un dealer, cela, Léo peut le prouver – quant à Géraud, il devra bien admettre que Tim n'est pas meilleur qu'un autre, ni sous influence, ce sale petit menteur fume des joints parce qu'il l'a décidé et charge Léo de faire ses courses, il ne se salit pas les mains – mais n'est-ce pas une marque de famille.

Hugues ne s'attendait pas à ça. Le voici face à ses paradoxes, il aime Léo, oui il l'aime évidemment, c'est son fils unique, et en écoutant sa femme, cet amour embourbé s'ébroue et se ranime. Maintenant, il doute – et il déteste cette sensation poisseuse. La conversation est brève, il reste assis dans son grand fauteuil cuir modèle président, l'appareil à la main, tente de remettre de l'ordre dans ses idées : quoi qu'en dise Anna, Léo n'est pas un ange, il a tabassé un flic, c'est pour ça qu'il est détenu, c'est la faute originelle, exactement comme l'a souligné Géraud lors de leur dernière conversation. Hugues a le sentiment pénible qu'Anna le pousse à agir, à affronter Géraud et à travers lui Alix. Sa femme veut régler ses comptes, l'entraîner dans une guerre vengeresse dont il peut prévoir les pertes mais aucun bénéfice. C'est un truc de bonnes femmes, ne pas lâcher une affaire par amour-propre et envoyer les maris sur le ring. Léo n'est poursuivi ni pour usage ni pour détention ou trafic de stupéfiants, le juge d'instruction s'intéresse à d'autres faits et se fichera bien de savoir qui a fourni à qui. Pourquoi évoquer le sujet plutôt que l'enterrer ? Anna est incapable de voir à long terme, or à long terme, le soutien de Géraud est capital, il est hors de question d'entrer en confit frontal à un moment où l'on est déjà fragilisé. Non, conclut Hugues. Il n'y aura pas de stupide combat de coqs.

Anna tourne la clé de contact, démarre le moteur, lance la climatisation. La température est devenue trop élevée dans l'habitacle, elle étouffe, mais elle a décidé de rester un moment sur le parking. Elle craint que Léo soit fouillé justement aujourd'hui, que l'on découvre les comprimés, qu'ils soient sanctionnés tous les deux, que tout se fracasse d'un coup. Elle scrute les abords de la prison comme si un surveillant pouvait en surgir et venir frapper à la vitre, Madame, descendez de votre véhicule, vous avez commis un délit ! La douleur dans son dos s'est accentuée, elle pense à sa mère qui fut corsetée de cuir et d'acier durant toute son enfance et le mentionnait à chaque repas : tiens-toi droite si tu ne veux pas finir en cage.

La cage.

Personne ne toque à la vitre. Anna se résout à partir, s'éloigne de la maison d'arrêt en surveillant son rétroviseur, son téléphone, mais toujours rien, aucune alerte, et pourtant, elle ne parvient pas à juguler son anxiété. Au croisement suivant, deux femmes portent à bout de bras une banderole sur laquelle on peut lire en lettres géantes « Debout ! »

Elle pense aux silences d'Hugues, aux débuts et aux fins, aux points de non-retour, elle pense à la prison, aux privations, à la privation de liberté, les notions se superposent, se fondent, se dispersent et soudain, elle se rend compte qu'elle roule à moins de vingt kilomètres heures.

Elle arrive à la pharmacie en retard sur l'heure prévue. Valentin est déjà parti et Coline arbore une expression irritée.

— J'ai eu un problème avec ma voiture, j'ai dû appeler un dépanneur, ment-elle.

— Je commençais à m'inquiéter, répond la préparatrice. En attendant, je me suis occupée, j'ai trié les sacs des retours pour vous avancer et j'ai mis de côté les boîtes à détruire, celles de Mme Leclerq. Elle a rapporté de l'oxycodone, du Sophidone, du Skénan, un vrai magasin à elle toute seule, vous avez vu ça ?

Anna la coupe.

— Je n'aime pas vos sous-entendus. Qu'est-ce que vous essayez de me dire, au juste ?

— Rien de spécial, s'offusque Coline. J'ai voulu vous rendre service. Je sais ce que vous traversez.

Tu ne sais rien du tout, pense Anna. Rien.

Elles restent face à face, immobiles, chacune cherchant à déchiffrer l'autre.

— À part ça, reprend Coline, j'aurais besoin de mon samedi.

— C'est un peu tard pour me prévenir, vous ne croyez pas ?

— Je fais beaucoup d'efforts ces jours-ci, madame Gauthier. Je fais vraiment tout ce que je peux pour vous aider.

— Si j'ai bien compris, je dois vous en être reconnaissante.

— En tout cas, réplique Coline, vous pourriez être un peu plus conciliante. Je vous demande mon samedi, parce que j'en ai vraiment besoin. Et franchement, je pense le mériter.

Elle m'a vue, pense Anna. Elle m'a vue prendre la boîte sous le comptoir et la glisser dans mon sac. Elle compte en tirer avantage.

— Dans ce cas, prenez-le, murmure-t-elle.

— Merci madame Gauthier. Je suis de votre côté, ne l'oubliez pas.

— Je n'oublierai pas, soyez-en sûre.

Elle sent un gargouillement monter dans sa gorge, une nausée, mais rien ne vient, tout reste coincé, l'obstruant, l'asphyxiant, et elle observe Coline qui attrape son cabas et s'apprête à partir, l'air satisfait de celle qui mène la danse, et elle est saisie d'une envie furieuse de la frapper, de l'écraser, de la réduire, cette salope qui veut l'exploiter, exploiter son malheur, faire pression, cette salope qui veut la soumettre, l'humilier, mais la porte de la pharmacie sonne, ding, dong, ding, dong et c'est comme une douche matinale, une douche glacée qui l'extrait de son brouillard de colère.

Elle sourit à l'homme qui entre, un habitué.

— Bonjour monsieur de Villers, que puis-je pour vous aujourd'hui ?

Elle a roulé à tombeau ouvert pour regagner la maison, plusieurs fois elle a senti qu'elle pourrait perdre le contrôle, un animal ou n'importe quel obstacle sur la chaussée l'aurait envoyée valser, mais elle n'a pas ralenti pour autant. Hugues était déjà là lorsqu'elle est arrivée. Elle s'est demandé s'il lui ouvrirait les bras, s'ils se serreraient l'un contre l'autre, mais il s'est contenté d'un signe et elle s'est rendu compte que cela lui convenait.

Elle s'assied face à lui, il regarde ailleurs, gêné, elle a compris le message, mais c'est plus fort qu'elle, elle lui pose la question.

— Tu as parlé à Géraud ? Tu as rétabli la vérité ?

Il hausse les épaules.

— Ça changerait quoi au fond, en dehors d'abîmer mes relations avec lui au moment où on travaille sur un projet capital ? Léo n'est pas le dealer de Tim, c'est entendu. Alix et Géraud ont eu une réaction excessive, ils l'ont mal jugé, Tim a menti. Soit. Mais l'important, c'est que toi et moi le sachions, non ? Sois raisonnable, Anna. Je sais que tu veux atteindre Alix. Tu mènes ta petite vendetta parce qu'elle t'a laissée tomber, mais tu crois que ça nous aidera, que ça aidera Léo d'avoir cette famille à dos ? On éclaircira les choses quand tout sera fini, c'est promis. Jusque-là, par pitié, on fait profil bas pour le bien commun.

Il tend sa main, la pose sur celle d'Anna, c'est le premier contact physique entre eux depuis longtemps, elle est surprise, le dévisage, il lui semble qu'Hugues flotte à la manière d'un mirage dans la chaleur, ni ici, ni là, ni lui-même, ni un autre.

C'est la peur, pense-t-elle. La peur déforme et aspire tout.

— Dis-moi que tu comprends, Anna. Dans l'intérêt de Léo.

Elle n'a pas l'énergie de batailler. Elle aussi est terrifiée. Elle redoute qu'on frappe à la porte : Ouvrez, gendarmerie nationale – et cette fois on viendrait pour elle, cela ne fait pas six heures qu'elle a remis les comprimés à Léo, le pire peut encore se produire –, elle a peur d'être démasquée, emportée par le torrent de boue, peur d'être mise à terre, mise en pièces, piétinée. Les rênes lui filent entre les mains, le cheval va au galop, la chute est inévitable.

Elle pense à Alix et sa démarche perpétuellement triomphante, à Géraud et son air supérieur, sûr de son immunité. Elle pense que ces gens-là n'ont nul besoin d'exiger quoi que ce soit puisque face à eux, chacun plie le genou d'emblée. C'est une dissuasion subtile, exercée depuis toujours, dont le voile se déchire aujourd'hui : Alix et Géraud n'ont jamais cessé d'être les dominants et eux les dominés. Alix et Géraud ne sont pas des amis, pas plus qu'elle n'est l'amie de sa femme de ménage, bien qu'il lui arrive de s'asseoir avec elle sur sa terrasse pour boire une tasse de café, bien qu'elles échangent des nouvelles à propos de leurs enfants respectifs, de leurs projets de vacances, du climat. Alix et Géraud sont leurs maîtres.

— Tu retourneras voir Léo ? Il a besoin de son père.

Dans sa position, c'est tout ce qu'elle peut négocier.

— J'irai samedi prochain, répond Hugues. Il me manque à moi aussi, qu'est-ce que tu imagines.

La gendarmerie ne frappe pas à la porte, ni ce soir-là, ni les suivants : Léo n'a pas été fouillé. Lorsque Anna le retrouve au parloir, elle constate qu'il est moins tendu malgré la fatigue, la chaleur qui poursuit ses assauts, la pression carcérale. La différence lui saute aux yeux et elle en est brièvement soulagée : elle n'a pas couru tous ces risques en vain. Ils n'évoquent pas l'oxycodone, il promet qu'il se sent prêt pour l'expertise. Pour la première fois depuis son arrestation, il parle d'avenir, examine les hypothèses, ébauche une feuille de route – se réinscrire pour la rentrée dans le même établissement ou ailleurs, ou encore, tenter le bac l'année prochaine en candidat libre. Le proviseur a assuré Anna de son soutien, il est prêt à accueillir

Léo s'il le souhaite, il croit à l'erreur de parcours, c'est ce qu'il a affirmé aux enquêteurs, tout le monde peut se laisser déborder un jour ou l'autre.

Ses paroles ont apaisé Anna mais cela n'a pas duré. Les résultats du bac ont été publiés, un crève-cœur. Comme chaque année le système d'entrée dans l'enseignement supérieur se grippait, des milliers de candidats demeuraient sans affectation, on appelait ceux qui le pouvaient à libérer des places. L'école de programmation a écrit pour demander une confirmation d'inscription et un relevé de notes, Anna a téléphoné, fourni une explication floue, utilisant le terme *empêché*, son fils avait été *empêché* de se présenter aux épreuves. Elle s'attendait à des questions intrusives mais la secrétaire l'a interrompue, c'est noté, merci pour votre appel, la liste d'attente est longue, vous ferez un heureux.

Cette phrase-là ! Elle s'est retenue de hurler. Elle ne voulait pas faire le bonheur d'un autre. Elle ne voulait pas être remerciée. Elle voulait que son fils soit libre et qu'il puisse étudier, entamer sa vie d'adulte comme le feraient bientôt ses camarades – comme le ferait Tim. Elle a pensé au temps qui passe, qui ment, qui vous endort et vous persuade que vous êtes en sécurité. Elle a pensé à ces deux femmes au croisement près de la maison d'arrêt et s'est interrogée sur le sens de leur banderole : « Debout ! »

Voulaient-elles prouver qu'elles tenaient debout, malgré l'usure et la misère de leurs vies ? Ou bien était-ce un appel à se réveiller et sortir de la nuit ?

Elle a pensé aux matins heureux, lorsque Léo était enfant et qu'elle ouvrait les rideaux en chantant : debout là-dedans !

Léo tranche : il se réinscrira dans son lycée.

— C'est comme le vélo ou le cheval, si tu chutes, tu remontes sur le même. Sinon, tu craindras toujours de tomber.

Il se projette, il aimait bien ses professeurs. Ce sera plus confortable. Il a revu ses espoirs à la baisse, l'année est fichue, c'est entendu, tout ce qu'il espère désormais, c'est que l'expert rende un rapport favorable et qu'il retrouve la liberté. Tout ce qu'il veut, c'est soigner ses pieds infestés par les mycoses, revoir la mer, s'y baigner, manger quelque chose de frais et de bon, retrouver le silence, ça c'est peut-être le plus important, et dormir, dormir d'une traite, dans des draps fraîchement repassés.

— Ne t'en fais pas, maman, ça ira. J'assumerai mes responsabilités.

Elle reconnaît les mots d'Hugues. Depuis que son mari a repris ses visites hebdomadaires, il fredonne la même antienne, tu dois assumer les conséquences de tes actes. Il anticipe le jugement, et a mis en garde Léo, il y aura des dommages et intérêts mais pas question de payer pour tes conneries, ce n'est pas une question d'argent mais de leçon de vie, tu prendras un job en plus du lycée, plagiste, serveur, caissier, dans la région les possibilités ne manquent pas.

Léo est d'accord. Il ne se dérobera pas. Sa mère le contemple, il n'y a plus en lui aucune trace de l'enfance.

À présent, Anna se rend chez son dentiste. Depuis quelques jours, elle souffre terriblement. Elle peut à peine ouvrir la bouche, deux ou trois centimètres, elle mange moins et maigrit. La nuit, dans son sommeil fractionné de cauchemars, elle tente d'appeler au secours, mais ses lèvres collées ne laissent filtrer qu'un gémissement qui insupporte son mari.

— C'est étonnant, remarque la dentiste, vous n'avez plus aucun contact. Plus rien.

— Aucun contact ?

— Vos dents sont usées. Elles ne se touchent plus. Vous serrez probablement très fort vos mâchoires en dormant. En général, c'est signe de stress. Êtes-vous stressée en ce moment ? C'est rare de voir des dégâts pareils. La dernière fois c'était une dame, il y a quoi, trois ou quatre ans, une histoire terrible, ça m'avait démolie : elle a frappé son mari pour protéger sa fille, le mari cognait la gamine, dans la bataille il est tombé sur le coin d'une table basse, fracture du crâne, plainte, jugement, elle a pris quatre mois avec sursis pour violence volontaire. Après ça elle a perdu son job, ce genre d'enchaînement qui ne vous laisse pas la moindre chance, alors le stress, ça y allait, il ne lui restait que la moitié des dents, on aurait dit qu'on les lui avait sciées à l'horizontale. Je n'ai rien pu faire pour l'aider, c'était des soins beaucoup trop chers pour elle, je l'ai perdue de vue et parfois je me demande ce qu'elle est devenue, elle m'avait dit qu'elle compensait en se maquillant, elle forçait sur le mascara, les gens ne regardaient plus que ses yeux et oubliaient sa dentition. C'est triste, non ?

— Oui, répond Anna, bouleversée. C'est triste.

— Toutefois, conclut la dentiste, votre cas est tout à fait différent. Il y a moins de travail et vous pouvez vous l'offrir, n'est-ce pas ? Ce serait dommage de gâcher ce visage de poupée. On vous l'a déjà dit ? Une véritable poupée. Vous en avez de la chance, tout le monde ne vieillit pas aussi bien.

Léo se traîne dans la cour de promenade. Le sol se déforme sous ses talons, la poussière calcine ses poumons, des éclats de verre semblent joncher sa gorge. La canicule a officiellement pris fin depuis que la température chute, paraît-il, en dessous de 20° durant la nuit. Entre les murs, on préfère en rire : sous 20°, c'est pour le reste du monde. La fournaise qui les englue ici semble immuable, alors on parle peu, on se déplace avec lenteur, on courbe l'échine – c'est toujours mieux que s'étouffer dans sa cellule. Léo compte ses pas ou définit un chiffre au hasard, 517, 942, 421 et tient le décompte à l'envers, jusqu'au zéro. Parfois, il répertorie les saletés qui jonchent la cour, les papiers froissés, les mégots, les crachats, les cadavres d'insectes écrasés, les déjections laissées par les rats, tout est bon pour se concentrer. Il tourne avec les autres dans le sens inverse des aiguilles d'une montre, évitant la zone des urinoirs. Cela ne suffit pas toujours, si le vent ne souffle pas du bon côté ou bien si l'air est immobile et c'est le cas aujourd'hui, les odeurs colonisent l'espace, le rendent fou, il lui passe toutes sortes d'idées noires par la tête, des envies de cogner et de vomir. Tout cela, l'expert n'en saura rien – même si son expérience lui souffle que son jeune interlocuteur est moins à l'aise qu'il ne le prétend.

Il a écouté Léo affirmer qu'il s'adaptait ici, qu'il n'avait pas à se plaindre, qu'il regrettait son geste. Il l'a jugé calme, stable, comme il en avait eu le pressentiment en parcourant son dossier, c'était à l'évidence un gamin qui n'avait rien à faire là, un gamin privilégié, à l'environnement solide, avec toutes les chances de redresser la barre.

Il a rendu un rapport favorable.

Il est environ 4 heures de l'après-midi en cette fin juillet, pourquoi n'y a-t-il pas plus de bancs pour s'asseoir, ni d'abris dignes de ce nom pour les protéger des morsures du soleil ? Léo contemple ses compagnons de détention, son dernier codétenu, H.L. – c'est le troisième depuis son arrivée, un cinquantenaire qui a tué son ex-associé de vingt-deux coups de couteau, un homme discret et éduqué qui prépare du café chaque matin et cuisine des gâteaux, vérifie souvent que ses ongles sont propres, joue aux échecs et lui a déclaré : je pourrais être ton père. Cette idée l'a perturbé un long moment. Il a supposé qu'on leur avait affecté la même cellule, en dépit du fait que l'un soit un meurtrier d'âge mûr et l'autre un jeune primodélinquant, parce qu'ils avaient ça en commun, l'appartenance à une classe sociale supérieure, parce qu'ils maîtrisaient la même langue quand la plupart des autres partageaient des origines modestes voire carrément défavorisées et des difficultés à lire, écrire, s'exprimer. En vérité, Léo n'a aucune affinité avec H.L. Il le trouve inquiétant. H. L. ne reçoit aucune visite, sa famille a coupé les ponts, alors il essaie d'en créer une nouvelle, il prend Léo par le cou en lui donnant du « fiston » à tout va, Léo déteste ça mais n'ose pas demander un changement à la direction. Qui sait comment H.L. réagirait ?

Pour l'heure, l'homme ne le quitte pas d'une semelle. Il est bavard, commente les cris provenant du quatrième étage où des détenus s'impatientent dans l'attente de leur tour de promenade, c'est une musique infernale, si seulement Léo pouvait l'éteindre, appuyer sur un bouton off, mais tout ce qu'il réussit à faire, c'est fermer les yeux et renifler son bras. Lors du dernier parloir, sa mère lui a apporté du linge à l'odeur apaisante de lavande, son t-shirt en est encore imprégné. En forçant son imagination, il parvient à revoir les champs violacés qui s'étendent près de chez lui.

— Gauthier !

Il se retourne : à l'autre bout de la cour, derrière la grille, un surveillant lui fait signe d'approcher.

— C'est l'oxy, murmure un des détenus. Tu t'es fait cramer, mon pote.

Léo hésite, il pense à l'expert, à sa mère, au mitard.

— J'ai rien fait, hasarde-t-il.

Mais le surveillant ne l'entend pas, alors Léo finit par s'approcher.

— Tu sors, tête de nœud. C'est fini pour toi.

— Putain, lâche Léo. Putain, c'est pas vrai.

Au loin, H. L. le fixe.

— Mais si c'est vrai. Elle est pas belle, la vie ? T'es remis en liberté mon gars, tu vas passer au greffe pour les formalités de levée d'écrou, après ça tu récupères tes affaires personnelles, ta fouille, et hop, tu seras chez toi pour l'apéro.

— Putain, putain, répète Léo pour gagner du temps, domestiquer son pouls qui s'emballe.

Il contemple une dernière fois la cour de promenade, ces dizaines d'hommes avec lesquels il a cohabité, survécu deux mois et demi (ou était-ce deux siècles ?). Il aimerait leur promettre qu'il ne les oubliera pas et demander pardon à ceux qu'il a frappés mais ça ne se passe pas ainsi, la prison ne veut plus de lui, l'organisme le rejette aussi brutalement qu'il l'a avalé, il faut partir, dégager, tout abandonner en moins d'une seconde.

— Tu fais quoi, là ? On peut annuler ta sortie si tu préfères, plaisante le surveillant.

Alors, Léo jette un œil au bleu du ciel et s'offre un vrai sourire – un putain de sourire.

Anna apprend la nouvelle à la pharmacie : maître Hamadi lui téléphone dans l'après-midi, le juge a signé l'ordonnance de remise en liberté, Léo va sortir. Un frisson d'ivresse la soulève. Léo va sortir, mais quand, demain, ce week-end, la semaine prochaine ?

— C'est à effet immédiat, madame. Il doit être en train de procéder aux formalités. Vous pouvez aller le chercher.

Elle pense aux coups dans la porte, à l'irruption des hommes en noir. Elle pense à l'attente devant la gendarmerie, dans les couloirs du tribunal, l'attente dans la nuit pour trouver le sommeil, elle pense à la terre sèche autour de la prison, à l'humidité de l'accueil des familles, elle pense à Rosalinde, elle pense à l'orage et au vin, à l'inondation, aux fissures, aux fractures, elle pense à Léo, Léo, Léo.

Elle va retrouver son fils. Elle va le ramener chez lui, chez eux, elle va le nourrir, le caresser, le choyer.

— Maintenant ?

— Maintenant, oui.

Aussitôt elle s'affole, si elle avait su plus tôt, elle aurait fait des courses, elle aurait préparé son plat préféré, elle aurait aéré sa chambre, fait son lit, elle aurait mis du champagne au frais.

— Je pense qu'il sera dehors d'ici une heure ou deux. Mais vous savez, rien n'est fini pour autant, la prévient maître Hamadi. La remise en liberté est assortie d'un placement sous contrôle judiciaire.

Elle liste les contraintes, Léo devra justifier de sa réinscription au lycée ou d'une recherche d'emploi, il sera soumis à une obligation de soins, il aura l'interdiction d'entrer en contact avec la victime et l'interdiction de participer à une manifestation, il devra se montrer exemplaire, filer droit jusqu'à l'audience, et ça, ce n'est pas pour demain, les procédures sont longues, alors il faudra être constant.

Anna l'interrompt, tout ça, ce n'est rien, maître Hamadi, rien du tout, du détail : puisque son fils rentre à la maison ! Elle raccroche, laisse un message à Hugues, interpelle Coline, elle doit s'en aller sur-le-champ, elle va chercher Léo, Léo sort ! Coline soupire, je suis bien contente pour vous, on va pouvoir souffler un peu – à vrai dire, elle se réjouit surtout pour elle-même, la patronne va enfin se détendre, elle devenait paranoïaque, insupportable, ça commençait à bien faire.

L'avocate a dit *dans une heure ou deux*, mais Anna craint que Léo sorte plus tôt et se trouve seul sous le soleil, avec son sac et un ticket de bus. Elle veut être la première image qu'il aura en franchissant le seuil de la prison, sa première sensation, lorsqu'elle le serrera contre lui et le couvrira de ses baisers. Elle court à la boulangerie pour acheter un croissant et un soda frais, saute dans sa voiture, file à la maison d'arrêt. Des visiteurs quittent l'enceinte au moment où elle se présente, c'est la fin des parloirs, Anna se sent gênée, elle craint qu'on la reconnaisse, qu'on la montre du doigt, qu'on la jalouse, mais personne ne se préoccupe de cette femme seule, à l'écart. Elle a noué un foulard sur sa tête pour prévenir l'insolation, elle marche pour détendre le bas de son dos, contrecarrer les crampes, vérifie sans cesse sa montre, parle seule, répète le prénom de son fils comme une invocation. La porte s'ouvre et se referme cent fois, mais ce n'est pas Léo, ce n'est jamais Léo, elle se met à paniquer, si elle avait mal compris l'avocate ? Si la remise en liberté avait été annulée ? S'ils avaient découvert leur petit trafic à la dernière seconde ? Elle échafaude des hypothèses, hésite à rappeler maître Hamadi, cela fait une heure et demie qu'elle attend, brûlante et épuisée, mais cela valait la peine, oh oui, car cette fois, il apparaît, son fils adoré, alors l'émotion aspire ses forces, la liquéfie, la renverse, il est là, juste là, les bras tendus, elle est incapable de prononcer un mot, elle pleure et s'en veut de pleurer, elle se sent bête, mais Léo essuie ses larmes du revers de la main et lui dit :

— On a réussi, maman.

Pour se rendre au lycée, Anna Lacourt emprunte le car municipal qui la mène jusqu'à la gare, puis un train qui la dépose en ville après quarante minutes de trajet et enfin, un bus qui la conduit près du lycée. Elle se lève à 5 h 30 et le soir, elle est rarement rentrée avant 21 heures, les cours de russe étant placés en fin de journée. Elle court en quittant la maison, elle doit grappiller quelques minutes pour se préparer, une fois hors de la vue de ses parents. Elle cache au fond de son sac une brosse, un miroir et une trousse de maquillage bien garnie. Tous ces produits, elle les a volés – ses parents ne lui donnent pas d'argent de poche. Au coin de la rue, Anna brosse ses cheveux, peint ses lèvres, noircit ses paupières et allonge ses cils, puis elle vérifie le résultat de sa transformation dans les vitres du car.

Elle ne s'intègre pas vraiment à son nouveau lycée. À l'heure du déjeuner, les élèves se retrouvent à la cantine ou sortent en bande s'asseoir dans un café tandis qu'elle mange le sandwich au poulet préparé par sa mère. Demeurer seule dans la cour de récréation soulève en elle un horrible sentiment d'angoisse et elle passe le plus clair de son temps à inspecter les grilles, les arbres, les portes, jusqu'à être libérée par la sonnerie : les vingt-cinq kilomètres qui la séparent de ses bourreaux n'ont pas suffi à la rassurer.

La suite lui donne raison.

Un mois après la rentrée, alors qu'elle descend du train, elle l'aperçoit sur le quai, assis avec ses acolytes, près de l'unique sortie. Ce qu'elle a appris au centre commercial, le pouvoir de son masque, semble s'évanouir d'un coup. Son corps se fige et son esprit surchauffe. Elle essaie de se raisonner : il ne l'a pas vue. Elle recule jusqu'au mur de briques qui délimite la plate-forme, se glisse derrière un distributeur de friandises, s'accroupit et attend. Les trains se succèdent, des voyageurs vont et viennent, le Serpent ne semble pas s'en soucier. Il fume cigarette sur cigarette et pousse des éclats de rire qui résonnent dans le cœur d'Anna. Elle a mal aux genoux et envie d'uriner. Elle pense à sa mère qui doit s'inquiéter, à son père qui doit s'agacer. De temps en temps, elle se penche avec précaution, mais la bande est toujours là, clouée au quai, et le corps d'Anna est glacé.

Elle pense à cette ville qu'elle déteste, cette toute petite ville où elle finit toujours par croiser ses ennemis, même en s'interdisant la moindre sortie, la moindre promenade. Elle se prend à rêver au moment où elle pourra s'enfuir, elle s'est promis de travailler dur pour pouvoir s'inscrire dans une fac, mettre au moins un département entre eux, ou mieux, s'installer à l'autre bout du pays – mais elle n'a que quinze ans et demi, c'est encore loin et vague. La pression augmente sur sa vessie, cela fait si longtemps qu'elle est accroupie, elle serre les cuisses, contracte son périnée, trop tard, le liquide trempe sa culotte, son pantalon, coule le long de ses jambes, mouille ses chaussures. Elle pleure en silence, se lève lorsque le train suivant s'annonce, elle sait ce qu'elle doit faire, en finir une fois pour toutes, pourvu que ça ne fasse pas trop mal, pourvu qu'elle meure sur le coup, la locomotive entre en gare, elle veut sauter de toutes ses forces, de toute son âme, elle le veut plus que tout, et pourtant elle n'y parvient pas, elle reste là debout comme une idiote, comme la connasse qu'elle est.

Elle doit s'écarter pour laisser passer le flot des voyageurs, pressés de retrouver leurs foyers. Lorsque le quai s'est enfin vidé, Anna réalise qu'elle est seule : les barbares ont disparu avec la foule.

Le lendemain, elle modifie son parcours. Elle descend à la gare précédente, située à trente minutes de marche. En courant vite, elle peut réduire l'écart à quinze minutes. Ses parents ne remarquent ni ses joues écarlates ni son souffle court. Ils l'accusent de traîner à la sortie du lycée et son père décide qu'elle n'a qu'à manger seule, puisqu'elle préfère la compagnie de ses copains.

Anna Lacourt accepte la sanction, ça lui est complètement égal, elle a trouvé la solution à son problème.

Lorsque Anna sentait les fissures s'étendre, le vide se creuser, l'air manquer, elle imaginait la libération de Léo, leurs retrouvailles, les étreintes, la joie. Ils iraient nager dans les criques, ils déambuleraient entre les allées du marché aux fruits, ils écouteraient les musiciens de jazz qui jouent sous les pins parasols.

Elle était consciente du subterfuge, elle gagnait du temps pour ne pas se noyer.

Les étreintes et la joie ne durent pas. Anna ne retrouve pas le fils qu'elle a vu franchir le seuil de sa maison et grimper dans un fourgon de gendarmerie, voici soixante-dix-huit jours, pas plus que Léo ne retrouve la mère qu'il a laissée, démunie mais combative, au bord de la route. Il ne s'agit pas de ce changement progressif, naturel, de cette évolution permanente que chaque être humain expérimente. C'est une modification profonde, brutale qui s'est opérée en eux, entre eux, tout comme elle s'est opérée chez Hugues.

Il faut des semaines pour que Léo perde l'habitude de croiser les mains dans le dos en attendant qu'on lui ouvre les portes. Des semaines pour qu'il cesse de sursauter au moindre bruit de clés, pour qu'il dorme une nuit entière sans se réveiller. Il ne sort pas du mois d'août, sauf à de rares occasions et alors, poings enfoncés dans les poches, épaules rentrées, il jette à droite et à gauche des regards nerveux comme s'il s'attendait à être cogné, attrapé, interpellé – réminiscence de la cour de promenade. Une à deux fois par jour, il plonge dans la piscine, la traverse en apnée, se sèche au soleil et retourne s'isoler. Il ne voit personne en dehors de Mathis qui lui rend visite de temps en temps. Mathis lui apprend le départ de Tim pour Londres, où ce dernier débutera bientôt sa première année d'université. Léo en informe sa mère et conclut : c'est une bonne nouvelle, je ne croiserai plus sa sale gueule.

— C'est sûr, répond laconiquement Anna.

Elle-même n'emprunte plus les routes habituelles, ne fréquente plus le petit supermarché du village, décline les invitations aux soirées estivales proposées par son père, déterminée à éviter Alix et Géraud. Cela touche Léo et le peine à la fois, il y voit un soutien inconditionnel, viscéral, un sacrifice aussi, mais n'en veut pas pour autant à son père, qui continue de fréquenter Géraud. Léo a mûri, il est solide, il perçoit les enjeux : les relations personnelles sont une chose et les relations professionnelles en sont une autre.

En septembre, sa rentrée au lycée se fait dans la facilité. Son incarcération lui a rappelé de se concentrer sur sa chance – celle d'avoir le droit à l'erreur. Il sait désormais la fragilité des destins et connaît sa limite, l'animal en lui qu'il devra dominer. Il se surveille, mais ne craint plus l'avenir, au contraire de sa mère et c'est ce qui lui pèse le plus, constater qu'elle tangue, s'inquiète de tout, dépérit. Il s'attribue la responsabilité de son état comme il s'attribue celle de la déchirure survenue entre ses parents. Lorsqu'il réfléchit et cherche à dater le moment où tout s'est précipité, il repense à leur rendez-vous dans le bureau de maître Hamadi, juste après sa remise en liberté, à la fin juillet. Les investigations étaient presque terminées, la consolidation de la victime acquise, les dégâts importants mais pas irréversibles : trois ligaments déchirés, six mois d'arrêt de travail. Compte tenu du profil de Léo, l'avocate avait prédit une condamnation à quoi, douze, dix-huit mois dont une peine ferme qui serait couverte par la détention provisoire, et sûrement un sursis probatoire avec un délai de mise à l'épreuve, disons, de deux ans. Cela leur paraissait correct, ils s'étaient montrés soulagés, mais l'avocate avait rappelé qu'il y aurait aussi des dommages à régler, une somme forcément importante – et elle avait cité une de ses affaires, assez similaire, dans laquelle le prévenu avait été condamné à verser 45 000 euros.

Un tel montant, ils ne s'y attendaient pas. Hugues et Anna avaient salué maître Hamadi en souriant, mais sur le chemin du retour, ils s'étaient écharpés. 45 000 euros ! Anna réfléchissait déjà aux moyens de payer pour Léo, il lui paraissait inconcevable, épouvantable de le laisser débuter dans la vie lesté d'une dette pareille, mais Hugues, à l'inverse, rejetait l'idée avec force. Où serait la leçon, où serait le sens ? clamait-il.

— Mais si tu y tiens tant, avait-il lancé à Anna, tu n'as qu'à les financer, les conneries de ton fils. Vends tes parts de la pharmacie, c'est peut-être ce qu'il y a de mieux à faire, au fond. Et commence par rembourser mes parents.

— Mon fils ? Tes parents ? La pharmacie ?

C'était la première fois que Léo entendait sa mère hausser la voix. Elle s'était mise à crier qu'elle en avait assez, qu'elle n'en pouvait plus, que tout cela devait s'arrêter avant qu'il ne soit trop tard, « tout cela », mais quoi au juste, Léo n'était pas sûr de vouloir ou de pouvoir le comprendre. Les vitres étaient baissées, mais Anna semblait se ficher qu'on l'entende, elle qui reprenait systématiquement son fils lorsque, petit, il pleurait après une chute, une égratignure, au prétexte que l'on ne se donnait pas en spectacle.

Oui, ce jour-là, quelque chose s'était brisé entre ses parents, quelque chose que personne ne pourrait réparer.

À présent, Anna décline sans bruit. Elle perd son souffle à force de lutter. Où qu'elle aille, l'univers se replie. Elle consacre un temps déraisonnable à fuir ses ennemis. Elle est rongée par l'inquiétude, redoute un faux pas, une erreur de Léo qui le renverrait en prison. Elle souffre de l'amertume d'Hugues, du ressentiment qu'il conserve, persuadé que leur famille restera pour toujours frappée du sceau de l'infamie. Il ressasse, je n'ai pas mérité ça/je n'ai pas failli/ça ne vient pas de moi. Anna reçoit parfaitement le message qui lui est adressé. Elle songe au lendemain de leur mariage, lorsqu'il a avoué que ses parents l'avaient mis en garde : attention, Hugues, en dépit du vernis, cette fille est d'un autre milieu, il y aura des incompréhensions, des situations gênantes, vous aurez des visions différentes de l'éducation, du bonheur, de l'argent, de la réussite, *c'est dans les gènes*.

Il faut croire qu'ils avaient raison. C'est chez elle que l'on cogne, que l'on vole, que l'on échoue et que l'on triche. Elle a transmis cet héritage, malgré tous ses efforts pour s'en défaire. Elle voit s'approcher l'iceberg de la rupture et de la dislocation. Elle pense à l'audience à venir, à la nécessité d'exposer un front familial uni. Elle panique. Elle cherche une issue, croit un instant la trouver lorsque lui revient l'offre du laboratoire de cosmétiques. C'est une lumière qui jaillit : elle va l'accepter, vendre ses parts de la pharmacie comme Hugues le lui a jeté à la figure. Elle sera là-bas, loin du Village, libre, en sécurité et tête haute – le laboratoire est situé à une vingtaine de kilomètres à l'intérieur des terres, au milieu des champs d'oliviers, elle n'aura plus à supporter la pression insidieuse de Coline, les regards inquisiteurs des uns et des autres, les tensions retomberont.

Mais lorsqu'elle reprend contact, le directeur, navré, lui apprend que le poste est pourvu.

— Nous étions convenus d'en reparler avant l'été, madame Gauthier, or je n'ai plus eu de vos nouvelles. Nous sommes à la mi-octobre !

Elle fond en larmes au téléphone. Léo, qui revient déjeuner, la trouve hébétée, adossée au buffet, le combiné à la main. Il l'interroge.

— Ça ne va pas maman ?

— C'est trop tard, répond-elle.

Elle pense à sa mère morte un 15 octobre, une date impossible à oublier pour diverses raisons, mais en particulier parce que le 15 était le jour de sa fête – la sainte Thérèse. Anna s'est toujours demandé s'il s'agissait d'une coïncidence ou si sa mère avait cherché à lui envoyer un message quelconque. Lorsqu'elle s'est informée des causes exactes du décès, on lui a répondu, le cœur a lâché. Le cœur lâche-t-il lorsqu'il n'y a plus ni présent ni avenir ? À l'époque, Anna avait ressenti une certaine culpabilité, elle savait sa mère immergée dans une solitude totale mais elle ne lui avait pas rendu visite pour autant. Ce n'était pas de l'indifférence, c'était une nécessité, elle se protégeait comme elle avait toujours dû le faire puisque cette mère-là n'était pas capable de la défendre.

Anna pense à la pierre tombale, un simple rectangle de marbre gris réservé par téléphone auquel l'employé des pompes funèbres avait suggéré d'ajouter une couronne de fleurs *éternelles* – il fallait entendre, en plastique. Thérèse Lacourt désirait être enterrée dans ce petit cimetière morne et battu par le vent, près de la maison où elle avait vécu l'essentiel de son existence, au contraire de son mari, qui avait insisté pour être incinéré et exigé que ses cendres soient dispersées dans le pudiquement nommé « jardin du souvenir », mélangées à celles des sans-famille, des inconnus et des miséreux.

Anna pense soudain que sa mère espérait voir sa fille plus souvent devant sa tombe que chez elle, de son vivant.

— Maman, dit Léo, soucieux. Tu devrais prendre l'air. Va faire un tour. Si tu veux, je viens avec toi. Tu verras, on s'en sortira. Les erreurs, ça se répare, ça prend parfois un peu de temps, c'est tout. Je vais faire une bonne année, maman. Je vais intégrer cette école comme c'était prévu, papa sera fier de moi et tout ira bien.

Il serre sa mère contre lui, dépose un baiser dans son cou.

— Est-ce que je t'ai déjà dit, demande Anna, que ta grand-mère est morte le jour de sa fête ?

La beauté d'Anna Lacourt explose après ses seize ans. Les dernières imperfections de sa peau disparaissent, son corps achève sa mue. C'est une beauté qui fascine et dérange à la fois : ses yeux sombres, ses joues souples, son visage poupin restent ceux d'une enfant et tranchent avec ses seins ronds, sa taille fine, ses hanches larges. Les garçons s'enhardissent. L'un d'eux la convainc un jour de l'accompagner chez lui avec plusieurs amis : deux professeurs sont absents, ils ont trois heures à tuer avant le cours de russe qui clôture la journée. Le garçon vit près du lycée dans un immense appartement. Elle les suit parce qu'il y a des filles parmi eux, parce qu'aucun ne ressemble aux monstres, parce qu'elle les regarde s'amuser en bande et se souvient, confusément, qu'elle aussi devrait avoir accès à la légèreté. Elle les suit parce qu'elle n'a rien d'autre à faire, parce qu'à cette heure-ci, la salle de permanence est toujours bondée, parce qu'il pleut dehors et parce qu'elle ne sait ni pourquoi, ni comment refuser. Il y a de l'alcool et de la musique. Ils boivent, ils dansent, ils chantent en plein après-midi, elle demeure immobile sur le canapé, le garçon s'assied à côté d'elle, lui caresse les cheveux, l'embrasse sur la joue, il est délicat, lui murmure qu'elle est belle et lorsqu'il glisse sa main sous son chemisier, il est plutôt surpris qu'elle ne réagisse pas, d'ordinaire les filles n'aiment pas qu'on aille trop vite le temps que la relation n'est pas clairement établie. Mais après tout, dès qu'il l'a vue pénétrer dans sa classe, il a su qu'Anna était différente et cela lui plaît, ce mystère qui s'ajoute à sa beauté originale, perturbante.

Il lui propose d'aller au calme, c'est son expression, *aller au calme*, et elle accepte. Une fois dans sa chambre, il la conduit sur son lit, la déshabille à moitié, parcourt ses seins de ses baisers, l'interroge.

— Tu l'as déjà fait ?

— C'est la première fois, répond-elle.

— Ne t'inquiète pas, j'irai doucement. Si tu as mal, préviens-moi.

Il se retire après cinq minutes, elle n'a pas bougé d'un centimètre, elle a pourtant fait de son mieux, mais comme toujours, son esprit s'est enfui, inaccessible.

Le garçon est furieux.

— Je m'en fous que tu l'aies déjà fait. On est au XXe siècle, putain ! Mais ne me prends pas pour un con s'il te plaît. T'es loin d'être vierge, ma petite.

— C'est la première fois, répète Anna, qui peine à se réintégrer.

Il secoue la tête, remonte son pantalon, boutonne sa braguette, soupire. Ok, ok, bien sûr, c'est la première fois. Il retourne dans le salon.

Elle reste un moment allongée sur le lit, fixant en silence les moulures du plafond, la rosace prétentieuse. La colère gonfle sa poitrine, une colère intense, glacée, asphyxiante, et elle aimerait hurler, renverser les meubles, déchirer les rideaux, arracher les pages des livres qui traînent sur le bureau, s'arracher la peau, les yeux, s'arracher les ongles, brûler cet appartement, tout détruire, tout, jusqu'à ce que le monde entier s'efface, s'abolisse, mais rien ne sort, absolument rien, ni un son ni un geste, elle est devenue étanche, son corps est une cage hermétique et sa colère, un tigre impuissant à se libérer.

Elle finit par se relever, les autres l'appellent, Anna, grouille-toi, on doit y aller, c'est l'heure ! Alors elle les suit jusqu'au lycée, le garçon ne lui adresse plus la parole, mais elle ne lui en veut pas, c'est sa faute à elle, quelle connasse aussi.

La route file sous ses roues. Anna est montée dans sa voiture sans but précis. Léo avait vu juste, il lui fallait prendre l'air ou plutôt changer d'air, marcher autour de la villa n'était pas suffisant, elle devait prendre de la distance au sens propre comme au sens figuré. Elle a préparé un déjeuner pour son fils puis elle a attrapé ses clés, son sac, elle est partie.

Elle conduit d'abord sans réfléchir, emprunte le chemin de la maison d'arrêt par réflexe. Au croisement, les deux femmes et leur banderole sont là. Anna se demande comment elles font, qui s'occupe de leur maison, de leurs courses, de leurs repas, de leur famille, elle se demande si elles dorment la nuit dans la petite tente bleue plantée au bord du fossé ou si elles rentrent chez elles. Ces deux femmes pourraient vivre seules, ou bien former un couple, elles pourraient ne pas avoir de famille à gérer, ou bien un compagnon ou une compagne qui prenne en charge leur quotidien mais ces éventualités ne traversent pas Anna. Lorsqu'elle ralentit, les femmes la suivent du regard, elles identifient une de ces bourgeoises au volant d'un 4 × 4 luxueux qui croient tout savoir de l'existence et méprisent leur combat, et Anna sent une hache se planter dans son dos, une douleur vive pénètre ses omoplates, elle accélère.

Dans son rétroviseur, les femmes agitent leur banderole avec frénésie : debout !

Elle roule très au-dessus des limites de vitesse en dépassant la maison d'arrêt. Elle cherche à en distinguer l'entrée mais le soleil d'octobre, bas et aveuglant, ne laisse apparaître qu'une masse sombre d'où surgit le souvenir des files d'attente, des odeurs de transpiration, des pleurs d'enfants. Ces images lui donnent le tournis et l'espace d'un instant, elle craint de lâcher son volant. Elle se ressaisit. Il est 14 h 30 lorsqu'elle s'engage sur la bretelle d'autoroute. À présent, elle sait sa destination. À quelques jours près, cela fait douze ans qu'elle n'est pas retournée là-bas, mais elle se souvient précisément du trajet, des directions à emprunter, des paysages. Elle parvient à l'entrée du cimetière une demi-heure avant sa fermeture. Ici, tout a changé. Des arbres et des massifs de fleurs ont été plantés en nombre, le plan a été redessiné, le périmètre augmenté. Anna erre dans les allées de tombes modestes, semblables à celle qu'elle a choisie jadis, vérifie un à un les noms gravés sur les sépultures, et la repère enfin : la couronne de roses en plastique, étrangement, n'a pas perdu ses couleurs.

Il a plu dans la région depuis plusieurs jours. Le sol est détrempé, irrégulier, ses pieds s'enfoncent, elle observe ses chaussures, leur cuir humide et ramolli, elle pense qu'elles sont foutues, une paire quasi neuve, bonne à mettre à la poubelle. Elle pense à sa mère, aux colonnes de centimes.

Elle est déçue. Elle ignore à quoi elle s'attendait en venant jusqu'ici, ce qu'elle est venue chercher, mais c'est raté, elle contemple la pierre froide, salie par les éclats de boue, la pierre obstinée, muette, qui la laisse seule et désemparée comme l'a laissée autrefois sa mère muette. Elle aperçoit le gardien qui agite les bras, désigne son poignet, le cimetière va fermer, c'est presque un soulagement.

Elle reprend le volant et conduit mécaniquement jusqu'à l'ancienne épicerie familiale, transformée depuis sa vente en agence immobilière, mais rien ne se produit ici non plus, rien ne frémit en elle, elle se sent seulement fatiguée, elle respire mal, elle a besoin d'aller aux toilettes. Elle pense au café, au patron du café, sans doute mort lui aussi, enterré sous une de ces pierres grises et froides.

L'endroit porte le même nom qu'autrefois : « L'entracte ». Anna pousse la porte, derrière le comptoir une jeune femme blonde joue d'un air las sur son téléphone. Il n'y a que deux personnes dans la salle, deux hommes affalés sur leurs chaises, l'un roule une cigarette, l'autre, de dos, est presque chauve. Anna reconnaît d'abord le bois usé des tables, puis le vinyle orangé des banquettes, le miroir traversé du logo Coca-Cola.

La porte du fond qui donne sur les W.C.

Elle demeure en arrêt au milieu de la pièce. La serveuse la hèle, Qu'est-ce que je vous sers ? Madame ! Les toilettes sont réservées aux consommateurs ! Oh ! Je parle à mon cul ou quoi ?

Mais Anna ne l'entend pas, elle n'entend que le sifflement moqueur de l'homme qui renchérit : alors la petite dame, faudrait songer à se réveiller !

Il s'est retourné, un sourire barre son visage grêlé, il tient des grilles de Loto d'une main déformée, un stylo de l'autre, et soudain Anna sent sa vessie se contracter, son cœur durcir, une voix en elle murmure que cet homme ferait pitié à n'importe qui, son ventre déborde au-dessus de sa ceinture, ses dents sont recouvertes de tartre noir, son nez est bouffi, piqué par l'alcool, sa veste est tachée, et peut-être qu'elle pourrait réussir à puiser en elle de la compassion, peut-être qu'elle pourrait se servir de cette image d'homme fracassé, pourrissant, cet homme en bout de course, peut-être qu'elle pourrait se sauver en lui pardonnant, mais le Serpent plisse les yeux et lui dit :

— Réponds, putain. Fais pas ta connasse.

Alors Anna s'approche, s'empare de la bouteille de bière vide posée devant lui et l'abat sur son crâne avant qu'il ait pu réagir, une fois, deux fois, trois fois, brise la bouteille, frappe encore, cela va si vite, son bras ne tremble pas et la jeune femme derrière le comptoir hurle, hurle, l'autre homme se lève et recule, il a peur, peur d'Anna parce qu'il voit dans ses yeux qu'elle a quitté leur monde, qu'elle est inaccessible, qu'elle est partie tout simplement, et le Serpent se laisse glisser au sol dans un flot rouge sombre.

Elle ignore comment elle se réincorpore, elle ne l'a jamais su. Elle tient encore entre ses doigts le col brisé de la bouteille, le sang imprègne ses chaussures et elle pense, aucune importance puisqu'elles étaient foutues.

Elle pense que ses cuisses sont sèches.

Elle n'a pas pissé.

— J'ai appelé les flics, lance la serveuse.

— C'est bien, répond Anna.

Et elle s'assied pour les attendre.

DE LA MÊME AUTRICE :

Big, Nil Éditions, 1997, J'ai Lu, 1999.
Gabriel, Nil Éditions, 1999, J'ai Lu, 2001.
Où je suis, Grasset, 2001, J'ai Lu, 2006.
Ferdinand et les Iconoclastes, Grasset, 2003, J'ai Lu, 2006.
Noir dehors, Grasset, 2006, J'ai Lu, 2017.
Providence, Stock, 2008, J'ai Lu, 2010, prix Version Femina-Virgin Megastore.
L'Ardoise magique, Stock, 2010, J'ai Lu, 2013.
La Battle, histoire courte, Les Éditions du Moteur, 2011.
L'Atelier des miracles, JC Lattès, 2013, J'ai Lu, 2014, prix Nice Baie des Anges.
Pardonnable, impardonnable, JC Lattès, 2015, J'ai Lu, 2016.
Par amour, JC Lattès, 2017, Le Livre de Poche, 2018, prix des lecteurs du Livre de Poche, prix de l'Académie des sciences, des arts et des belles-lettres de Caen.
Les Guerres intérieures, JC Lattès, 2019, Le Livre de Poche, 2020.

PAPIER À BASE DE FIBRES CERTIFIÉES

Le Livre de Poche s'engage pour l'environnement en réduisant l'empreinte carbone de ses livres. Celle de cet exemplaire est de :

500 g éq. CO_2

Rendez-vous sur www.livredepoche-durable.fr

Composition réalisée par NORD COMPO

Achevé d'imprimer en février 2023 en Espagne par
Black Print
Dépôt légal 1re publication : mars 2023
LIBRAIRIE GÉNÉRALE FRANÇAISE
21, rue du Montparnasse – 75298 Paris Cedex 06

83/2540/2